咖啡与茶

朋友圈系列

李白 和 拜伦 走进了

朋友圈

⊙唐珂 编著

中国诗仙李白，英国勋爵拜伦，他们都用浪漫主义的诗歌，讴歌自然和理想，追寻人生的意义。一个任侠自由，欲上青天览明月；一个放浪形骸，用颓废和虚无抵抗世俗。当他们跨越时空，在朋友圈相遇……

值得一走的时空之旅

咖啡，陪伴着多少西方大师畅想著书；清茶，陪伴着多少中国大师冥思立说。一东一西相距万里，前前后后时隔数千年，大师们彼此未曾谋面，但当他们跨越时空来到一起，绝妙的精神裂变瞬间爆发！那些莫名的意识巧合、揪心的情感抒发、睿智的观念冲撞、销魂的词藻往来……将沉眠于固态的心灵彻底融化！智慧荡漾于星际之间，情感振颤于地轴两端。来吧，放下尘世的万般纠结，去走一趟大师级的时空跨越之旅……

—— 底谓

目　录

朋友圈个人信息

李 白

字太白，号青莲居士。

701年，出生于中国西域碎叶城。

中国最伟大的浪漫主义诗人，诗仙。

自称"陇西李氏"，历经开元盛世、天宝之乱，曾漫游祖国山河，结交海内外同道，举杯邀明月，斗酒诗百篇。

笔落惊风雨，诗成泣鬼神。
天才超妙，逸气横生。
清水出芙蓉，天然去雕饰。

以浪漫想象和瑰丽文采游走于豪放傲岸与婉约飘逸之间。

逝于762年。

拜 伦

乔治·戈登·拜伦，称拜伦勋爵。

1788年，出生于英国伦敦。

英国浪漫主义诗歌泰斗，撒旦诗人。

没落贵族，继承男爵爵位，先天跛足。一生游历广泛，睥睨权贵，在诗歌中塑造了一批"拜伦式英雄"。

超脱古范，直抒所信，其文章无不函刚健抗拒破坏挑战之声。平和之人，能无惧乎？于是谓之撒旦。

以普世视野关注人类命运，以天才诗笔挥洒奇瑰想象与澎湃激情。

逝于1824年。

自然何奇险

Nature

李白

行 路 难

金樽清酒斗十千，玉盘珍羞直万钱。
停杯投箸不能食，拔剑四顾心茫然。
欲渡黄河冰塞川，将登太行雪满山。
闲来垂钓碧溪上，忽复乘舟梦日边。
行路难！行路难！多歧路，今安在？
长风破浪会有时，直挂云帆济沧海。

曼殊

拜伦，犹如中国的李白，天才也。我曾在扬帆远航、东渡日本的客轮上，手持知交罗弼所赠的拜伦诗钞，反复吟诵，激动不已。

拜伦

异国的知音，您读的是哪一首？

曼殊

《恰尔德·哈罗尔德游记》。

皇涛澜汗，	灵海黝冥。	万艘鼓楫，	泛若轻萍。
芒芒九围，	每有遗虚。	旷哉天沼，	匪人攸居。
大器自运，	振荡粤华。	岂伊人力，	赫彼神工。
罔象乍见，	决舟没人。	狂暴未几，	遂为波臣。
掩体无棺，	归骨无坟。	丧钟声嘶，	逖矣谁闻？
谁能乘蹻，	履涉狂波？	觌诸苍生，	其奈公何？
泱泱大风，	立懦起罢。	兹维公功，	人力何衰？
亦有雄豪，	中原陵厉。	自公匈中，	撷彼空际。
惊浪霆奔，	慴魂慑神。	转侧张皇，	冀为公怜。
腾澜赴厓，	载彼微体。	升溺舍弘，	公何岂弟。
……			
赫如阳燧，	神灵是鉴。	别风淮雨，	上临下监。
扶摇羊角，	溶溶澹澹。	北极凝冰，	赤道淫滟。
浩此地镜，	无裔无禩。	圆形在前，	神光睢闪。

精魃变怪，出尔泥淰。回流云转，气易舒惨。

（《恰尔德·哈罗尔德游记》节选）

曼殊

奔腾吧，咆哮吧，深不可测的海洋！你的力量何始何终？纵使人能主宰陆地，可是一旦进入你的疆域，便于你的惊涛骇浪中变成渺小的臣民。你恣意地将人类的坚船利舰吞入腹中，再无踪影，你是如此变化无常、令人恐惧，却阻挡不了人类向着你扬帆起航！你如巨大无边的灵镜，昭示上帝的威容，九州万国臣服于你，从北极至热带，你无边无涯，如永恒的化身。

玄英

拜伦先生，我是曼殊的朋友玄英。大海如此奇险，您却对它眷恋至深！

拜伦

是的。

我一直爱你，大海！在少年时期.
像你的浪花似地，依靠住你的胸膛，
由你推送前进，就是我爱好的游戏。
从童年起，我就爱玩你的波浪——
我喜欢它们；如说汹涌不止的海洋
显得多么可怕，也可怕得令人高兴，
因为我，打个比喻，就是你的儿郎，
完全信赖你的波涛，不论远或近，
敢于抚摸你的鬃毛，就好象我现在这种光景。

（《恰尔德·哈罗尔德游记》节选）

曼殊

玄英，这般雄浑奇伟的作品，今古诗人，谁人相匹！

玄英

哦，也许只有中国唐朝那位"天子呼来不上船"的酒中仙人李白，才有这般气魄，笼天地于形内，挫万物于笔端！那首《蜀道难》。

李白

噫吁嚱，危乎高哉！

蜀道之难，难于上青天。

蚕丛及鱼凫，开国何茫然。

尔来四万八千岁，不与秦塞通人烟。

西当太白有鸟道，可以横绝峨眉颠。

地崩山摧壮士死，然后天梯石栈相钩连。

上有六龙回日之高标，下有冲波逆折之回川。

黄鹤之飞尚不得过，猿猱欲度愁攀援。

青泥何盘盘，百步九折萦岩峦。

扪参历井仰胁息，以手抚膺坐长叹。

问君西游何时还，畏途巉岩不可攀。

但见悲鸟号古木，雄飞雌从绕林间。

又闻子规啼，夜月愁空山。

蜀道之难，难于上青天，使人听此凋朱颜！

连峰去天不盈尺，枯松倒挂倚绝壁。

飞湍瀑流争喧豗，砯崖转石万壑雷。

其险也若此，嗟尔远道之人，胡为乎来哉！

剑阁峥嵘而崔嵬，一夫当关，万夫莫开。

所守或匪亲，化为狼与豺。

朝避猛虎，夕避长蛇。

磨牙吮血，杀人如麻。

锦城虽云乐，不如早还家。

蜀道之难，难于上青天，侧身西望长咨嗟！

（《蜀道难》）

曼殊

能听到太白先生自己吟诵这千古名篇，仿佛亲临那飘渺神秘的蜀道之巅，真是万分荣幸！

李白

蜀道何奇险，使人凋朱颜！你看那高耸入云的山峰，竟能阻挡太阳神的行路。你可知昔年壮士开山身死，才换来地崩山摧后的天梯栈道。可纵是翱翔长空的黄鹤也难以飞度，穿梭山野的猿猴也无法攀援！朋友啊，你要想翻山越岭，这旅途必是步履艰难，惊心吊魄，如同攀着天上的参宿和井宿跼踱而行！

曼殊

有道是"登山则情满于山，观海则意溢于海"。我未曾去过巴蜀，您这篇《蜀道难》却让我如同身临其境。逝者如斯夫，身为凡夫俗子，谁能见沧海化桑田？可这天才诗笔却能穿越时空，在斗转星移中绽放永恒的光彩。

玄英

是啊，欧洲文明有着开拓大海、与其对抗搏击的悠久传统。自古希腊罗马文学至浪漫主义时代，从荷马史诗、贺拉斯的抒情诗到柯勒律治的名篇《古舟子咏》、拜伦的

《恰尔德·哈罗尔德游记》《海盗》《唐璜》，不一而足，海洋被赋予的是一个力拔山兮、变幻莫测、载舟覆舟的可怖形象。

拜伦
您懂我!

玄英
而汉民族并非海的民族，海洋文化对"九州"的陆地文化影响非常有限，但是作为华土诗人之超群脱俗者，太白先生十岁观百家，十五岁好剑术，二十五岁便仗剑去国，辞亲远游，南穷苍梧，东涉溟海。

李白
是啊，我亲眼见过百川归海奔流不息，"黄河之水天上来"，"白波九道流雪山"，如今还历历在目，仿佛呼啸耳旁! 我还有一组《横江词》，一共六首，更能表达我对海的理解。

> 人道横江好，侬道横江恶。
> 一风三日吹倒山，白浪高于瓦官阁。
>
> 海潮南去过寻阳，牛渚由来险马当。
> 横江欲渡风波恶，一水牵愁万里长。
>
> 横江西望阻西秦，汉水东连杨子津。
> 白浪如山那可渡，狂风愁杀峭帆人。

海神来过恶风回，浪打天门石壁开。
浙江八月何如此，涛似连山喷雪来。

横江馆前津吏迎，向余东指海云生。
郎今欲渡缘何事，如此风波不可行。

月晕天风雾不开，海鲸东蹙百川回。
惊波一起三山动，公无渡河归去来。

李白
我从鄂皖山岳顺流而下，直至长江入海处的浩淼烟波。横江浦在安徽和县东南，是古长江渡口。

玄英
您的视野真是自由驰骋，纵贯千里。

历史档案员
据《太平寰宇记》记载：横江浦，在和州历阳县东南二十六里。建安初，孙策自寿春欲经略江东，扬州刺史刘繇遣将樊能、于糜屯横江，孙策破之于此。对江南岸之采石，往来济渡处，隋将韩擒虎平陈，自采石济，亦此处也。

玄英
有博学的历史档案员加入我们，会聊得更愉快，欢迎欢迎！

李白

你看那滔天江水排山倒海而来，仿佛高过金陵城外的瓦官阁！你看那惊涛拍岸，卷起连山千堆雪！

古乐府

公无渡河，公竟渡河。堕河而死，当奈公何！

玄英

太白先生，您看远方那海云正升腾不止，眼前这惊涛骇浪只会愈加凶险，人道那海中巨鲸摇尾一转，便惊起波浪撼三山！你可要三思而后行！

李白

自然何其险，却不能阻挡我前行的脚步。

> 金樽清酒斗十千，玉盘珍羞直万钱。
> 停杯投箸不能食，拔剑四顾心茫然。
> 欲渡黄河冰塞川，将登太行雪满山。
> 闲来垂钓碧溪上，忽复乘舟梦日边。
> 行路难，行路难！多歧路，今安在？
> 长风破浪会有时，直挂云帆济沧海。

（《行路难》其一）

拜伦

果然知音。

曼殊

拜伦先生，太白先生，你们二位都自青年时代即离乡远游，用双脚去丈量未知的远方。可是仔细想来，你们的初衷和目标是那么不同！

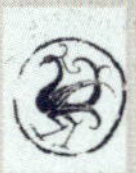

玄英

愿闻其详。

生活在别处

Life

拜伦

悼玛格丽特表姐

晚风沉寂了，暮色悄然无声，
　　林间不曾有一缕微飔吹度；
我归来祭扫玛格丽特的坟茔，
　　把鲜花撒向我所挚爱的尘土。

曼殊
拜伦先生，童年的不幸，似乎让您十分苦恼！

 拜伦
我常常回顾我的童年，那时的我感情强烈，对此我常常惊讶不已。先是我可怜的母亲，然后是我的同学，因为他们的笑骂，我视跛脚为我最大的不幸，并深深地自卑。征服因畸形而在头脑里产生的折磨人的苦恼，需要天性中伟大而美好的品质，这种苦恼使我对整个世界的感觉都变了味。

 历史档案员
亲情的缺失，先天的腿疾，与之互为因果的敏感孤僻的性格，让拜伦在不舒欣不愉悦的氛围中长大，自童年时期开始他就备受他人的嘲笑，其中甚至来自他脾气暴躁、可怜又可悲的母亲，这让拜伦开始对命运心怀怨忿。勋爵继承权意外从天而降，这个内心敏感忧郁的孩子继承了纽斯台德寺院、罗岱尔两处房产和两千多亩田畴，仿佛是命运塞给拜伦的沉重馅饼，第一次扭转了他的人生轨道。

 拜伦
世人皆道拜伦勋爵放浪形骸，不拘礼法，谁又知我心中的深深伤痕。

曼殊

那就请他们读读您最初的诗篇《悼玛格丽特表姐》，那里保留着您年少纯真的感伤！

拜伦

这些发自肺腑的诗篇源于从不曾远离的死亡！

> 晚风沉寂了，暮色悄然无声，
> 　　林间不曾有一缕微飕吹度；
> 我归来祭扫玛格丽特的坟茔，
> 　　把鲜花撒向我所挚爱的尘土。
>
> 这狭小墓穴里偃卧着她的身躯，
> 　　想当年芳华乍吐，闪射光焰：
> 如今可怖的死神已将她攫去，
> 　　美德和丽质也未能赎返天年。
>
> 哦！只要死神懂一点仁慈，
> 　　只要上苍能撤销命运的裁决！
> 吊客就无需来这儿诉他的悲思，
> 　　诗人也无需来这儿赞她的莹洁。
>
> 为何要悲恸？她无匹的灵魂高翔，
> 　　凌越于红日赫赫流辉的碧落；
> 垂泪的天使领她到天国闺房，
> 　　那儿，善行换来了无尽的欢乐。
>
> 可容许放肆的凡夫问罪上苍，
> 　　如痴似狂地斥责神圣的天意？

不! 这愚妄意图已离我远飏,——
　我岂能拒不顺从我们的上帝!

但对她美德的怀想是这样亲切,
　但对她娇容的记忆是这样新鲜;
它们依旧汲引我深情的泪液,
　依旧盘桓在它们惯住的心田。

（《悼玛格丽特表姐》)

 历史档案员

玛格丽特·帕克是拜伦的表姐,只比拜伦大一岁,生前与他感情甚笃。可怜十四五岁的娉婷少女,因意外跌伤而终于不治身亡。噩耗传至在哈罗公学上学的拜伦耳中,如同晴天霹雳。他伤心欲绝,在回家扫墓时写下这首悼亡之作。

 曼殊

呜呼! 死生亦大矣! 总忆当年携手处,游遍芳丛,聚散苦匆匆,此恨无穷,可惜明年花更好,知与谁同!

 拜伦

至亲的病逝、挚友的遇难,使我感到孤独和悲怆,感到死亡如同诅咒般缠绕着我,我无法摆脱命运:我二十三岁时就孤身一人了,到七十岁我会成为什么样呢? 真的,我还年轻,可以从头开始,可是,谁能同我一起回忆生活中的欢声笑语呢?

曼殊
拜伦先生,您从小便敏感而爱幻想,自卑感和被迫自我保护的强烈意识让您更加难以合群。您不解人世间的交往法则孰是孰非,怀疑逐渐变成您坚定的信念,与您性格中固有的忧郁踌躇结合捆绑。

莫洛亚
拜伦,你在宣称人世间万事皆空时,总是怀有一种忧郁的快意。

拜伦
是的,莫洛亚,我亲爱的朋友。英国上流社会是如此虚与委蛇,喧嚣熙攘的宴会,使我感到更深的孤独寂寞和无所适从——他们有一套虚伪的规则,每个人都带着华丽的假面,如何可能交心!愤世嫉俗和百无聊赖在我心中强烈地对撞,无法和解。

玄英
美好易逝,欢乐苦短,世情凉薄啊!

曼殊
这个年轻而迷惘的贵族青年曾经耽于声色,不断地在感官享乐与爱情冒险中找寻刺激,然而以放纵反抗空虚,以颓唐对抗颓唐,只会跌入更深的绝望和空虚。

拜伦
我承认,我敏感而骄傲,在危险的激情中寻觅着假想的自我。结果,我只发现,在现实生活中根本找不到我理想中的精神伴侣。我不是社会的动物，与那些伯爵夫人和贵族小姐们在一起时，我感到悲怆和茫然。

玄英
拜伦先生，您想要做一个远离纷扰、没有烦恼——任性而为的小孩。

拜伦
是的。

> 我愿做无忧无虑的小孩，
>   仍然居住在高原的洞穴，
> 或是在微曛旷野里徘徊，
>   或是在暗蓝海波上腾跃；
> 撒克逊浮华的繁文缛礼
>   不合我生来自由的意志，
> 我眷念坡道崎岖的山地，
>   我向往狂涛扑打的巨石。

> 命运呵！请收回丰熟的田畴，
>   收回这响亮的尊荣称号！
> 我厌恶被人卑屈地迎候，
>   厌恶被奴仆躬身环绕。
> 把我放回我酷爱的山岳，
>   听巉岩应和咆哮的海洋；
> 我只求让我重新领略
>   我从小熟悉的故国风光。

我虽然年少，也能感觉出
　　这世界决不是为我而设；
幽冥暗影为何要幂覆
　　世人向尘寰告别的时刻？
我也曾瞥见过辉煌梦境——
　　极乐之乡的神奇幻觉；
真相呵！为何你可憎的光明
　　唤醒我面临这么个世界？

我爱过——所爱之人已离去；
　　有朋友——早年友谊已终结；
孤苦的心灵怎能不忧郁，
　　当原有的希望都黯然熄灭！
纵然酒宴中欢谑的伙伴们
　　把恶劣情怀驱散了片刻；
豪兴能振奋痴狂的灵魂，
　　心儿呵，心儿却永远寂寞。

多无聊！去听那些人闲谈：
　　那些人与我非敌非友，
是门第、权势、财富或机缘
　　使他们与我在筵前聚首。
把几个忠诚密友还给我，
　　还是原来的年纪和心情；
躲开那半夜喧嚣的一伙，
　　他们的欢乐不过是虚名。

美人，可爱的美人！你就是

我的希望，慰藉，和一切？
连你那笑靥的魅力也消失，
我心中怎能不奇寒凛冽！
又富丽又惨苦的繁嚣俗境，
我毫无叹惜，愿从此告辞；
我只要怡然知足的恬静——
"美德"熟识它，或似曾相识。

告别这熙来攘往的去处——
我不恨人类，只是想避开；
我痴心寻觅阴沉崖谷，
那暝色契合这晦暗胸怀。
但愿能给我一双翅膀：
像斑鸠飞回栖宿的巢里，
我也要展翅飞越穹苍，
飘然远引，得享安息。

(《我愿做无忧无虑的小孩》)

曼殊

玩世不恭、蔑视权贵、愤世嫉俗的代价，是被贵族圈排挤，遭受冷眼和诽谤。您与这个社会格格不入，多愁善感的心灵不堪重负。

玄英

您在这个喧闹的名利场中得不到自在和解脱，而强行抑制自己的情感只能导致更加烦恼，备受折磨。所以，您选择远行，周围人却疑惑不解。

拜伦

我选择去国离乡，在远离英伦岛屿的南欧、西亚的土地，决心去观察和体验更寥廓纷繁的世界，思考其他人的眼光，也重新审视自己。

当人被逐出伊甸园门，
　在门首盘桓，不忍遽去，
眼前的一切都枨触前尘，
　都叫他诅咒未来的境遇。

此后，他远走异域关山，
　学会了如何忍受悲苦；
对往日良辰只付之一叹，
　借纷繁景象把心事排除。

亲爱的玛丽！我也像这般，
　不得不与你芳姿告别；
倘若我在你左近盘桓，
　我也会叹惜往日的一切。

远游能使我明智地脱险，
　逃离此间魔障的引诱；
只要我还能见到这乐园，
　就不甘默认我无福消受。

（《答一位淑女——她问我为什么明年春天要出国远游》）

历史档案员

这首诗倾诉的对象是玛丽·安·查沃思。拜伦少年时

代曾热恋过她，即使少女嫁为他人妇后多年，诗人也
未曾忘怀这段青涩而深挚的爱恋。

拜伦

如果当时我最终和玛丽走到一起，或许人生轨迹会改
变吧！

历史档案员

拜伦对生活怀着强烈的爱与渴望，但是他找不到自我
救赎的方法。他渴望热烈激宕的感情，但是漩涡式的
激情不是持久的人生，只会让他从一个高峰跌入一个
低谷。他越强烈地渴求追逐欢愉，所得到和所体验到
的欢愉就越有限。在这首写于1808年12月的诗歌中，
拜伦的感情是那样真挚，毫无保留。

曼殊

拜伦先生，您一直认为自己身上有人类始祖亚当和夏
娃的逆子该隐的影子，所以怀疑所生活的世界，又不
甘愿在此沉沦毁灭。于是，只能远游，逃离这危险的
魔障，去未知的远方寻求新的乐土。

拜伦

我决心要亲眼去看看人类，而不是只从书本获知，还
为了扫除"一个岛民怀着狭隘的偏见守在家门的有害
后果"。第二年春天，我便离开伦敦，开始漫游葡萄
牙、西班牙、马耳他、阿尔巴尼亚、希腊和土耳其。

大鹏一日同风起

Fly

李白

上 李 邕

大鹏一日同风起，扶摇直上九万里。
假令风歇时下来，犹能簸却沧溟水。
时人见我恒殊调，见余大言皆冷笑。
宣父犹能畏后生，丈夫未可轻年少。

历史档案员

祖籍陇西的李白在蜀地度过了约二十载少年与青年岁月。李白自称祖籍为陇西李氏，先祖西凉李暠曾奉东晋之正朔于河西走廊建立西凉王朝，致力于存续华夏文明。他童年所受之教育直承汉魏传统，而西南地区多元交融的异族文化，尤其是蜀地独特的地理环境、民族文化、宗教信仰，又深深烙印在他的人生和诗作中。

玄英

多么令人向往，太白先生在幼年时曾目历西风漫卷的大漠黄沙，而蜀地奇伟瑰丽的自然与民族交融的文化信仰，滋养了您豪爽自信的性格、率性任真的性情与宽广博大的胸怀。您少时立志仗三尺剑云游天下，此后的一生都在为这一理想躬亲践行。

曼殊

与拜伦相比，太白先生可说是幸福的！出蜀之前，您从未经历过丧亲之痛、爱情之殇，抑或壮志难酬的挫败。

李白

以为士生则桑弧蓬矢，射乎四方，故知大丈夫必有四方之志。乃仗剑去国，辞亲远游，南穷苍梧，东涉溟海。

（《上安州裴长史书》节选）

历史档案员

李白十七八岁时曾向蜀中赵蕤习纵横之学，与其感情深厚，这一经历对他的一生走向影响深远。"书读纵横，则思诸侯之变"（赵蕤《长短经》），怀着至诚之心和凌云之志的李白，离开故土，仗剑远游。

李白

我离乡仗剑远游，首要便是为了实现"愿一佐明主，功成还旧林"（《留别王司马嵩》）的入世理想。行至渝州，我谒见了时任渝州刺史的李邕。

> 大鹏一日同风起，扶摇直上九万里。
> 假令风歇时下来，犹能簸却沧溟水。
> 时人见我恒殊调，见余大言皆冷笑。
> 宣父犹能畏后生，丈夫未可轻年少。
>
> （《上李邕》）

历史档案员

这个初出茅庐的布衣青年如此不拘俗礼地纵谈大言，显得异于常人，为世所不解，也未能为李邕所赏识，这是他第一次面对挫折。但是李白仍相信自己他日终将如大鹏展翅，犹能簸却沧溟水！

李白

那是自然。

张戒

李太白喜任侠，喜神仙，故其诗豪而逸。（《岁寒堂诗话》）

历史档案员

蜀地乃道教之发祥地,盛唐更是道教盛行,风靡朝野。李白笃信道教,不仅憧憬着在中原逐鹿之际担当大任,了却君王天下事,赢得生前身后名,也并行不悖地追求着修炼长生,得升仙列,笑傲壮丽河山。

 李白

正如先贤屈原所云:"路漫漫其修远兮,吾将上下而求索!"(《离骚》)

> 蜀国多仙山,峨眉邈难匹。
> 周流试登览,绝怪安可悉?
> 青冥倚天开,彩错疑画出。
> 泠然紫霞赏,果得锦囊术。
> 云间吟琼箫,石上弄宝瑟。
> 平生有微尚,欢笑自此毕。
> 烟容如在颜,尘累忽相失。
> 倘逢骑羊子,携手凌白日。
>
> (《登峨眉山》)

 历史档案员

苍茫云海接天日,琼箫宝瑟为谁鸣?秀美如画的峨眉山让青年李白深深沉醉其间,他已然坚定地相信自己乃是谪落凡尘的仙人。他登访名山,游览美景,志在寻找修仙之径,获得身体与心灵的双重自由。

裴敬

先生得天地秀气耶！不然，何异于常之人耶！或曰：太白之精下降，故字太白，故贺监号为谪仙，不其然乎！故为诗格高旨远，若在天上物外，神仙会集，云行鹤驾，想见飘然之状。视尘中屑屑米粒，虫睫纷扰，菌蠢羁绊蹂躏之比。（《翰林学士李公墓碑》）

玄英

太白先生，您是如此享受纵身大化、徜徉天地的快乐喜悦，向往羽化登仙，与天地万物之灵气融为一体。

曼殊

自陈为海洋文化滋养哺育的拜伦勋爵，屡屡"道不行，乘桴浮于海"。太白先生，您则满心向往着鹰击长空，鹏程万里。

玄英

比起拜伦忍无可忍的逃离，太白先生，您的"出走"是一场积极主动的壮行。

曼殊

一个对繁文缛节、锦衣玉食沮丧厌倦，一个对锦绣前程、秀丽江山翘首盼望。

历史档案员

李白一生的早期和中期正值唐朝社会民生的全盛时期，盛唐政权对政治制度、民族政策、宗教信仰的宽容与四海一家的胸怀，让文人墨客有精神的余裕和自由来指点江山，激扬文字，极大地促使文学艺术百花争艳，蓬勃发展。作为其中的佼佼者，李白创作了大量"俱怀逸兴壮思飞"的诗作，洋溢着大气磅礴的"盛唐气象"。

曼殊

太白先生，您以时代弄潮儿之姿，淋漓尽致地展现了放旷昂扬的精神气质和壮丽盎然的文学气象——而被后人尊为浪漫主义诗人之首。拜伦先生，您生命与诗的最浓重的底色则是颓废，以及与之相伴的忧伤、愤激、沉郁与彷徨。我可以这么说吗？

拜伦

颓废？

曼殊

颓废不仅仅是声色犬马、纸醉金迷、享乐主义的生活状态，更是一个美学范畴。意大利哲学家克罗齐给"颓废"的界定是"奢侈放佚的精美"和"动物性感官享乐"，它往往见于对"精细"和"感官"的强烈追求。而奉您为恶魔天才的尼采，则倾力于发掘颓废之于人精神内质的深层意义。

尼采

颓废是意志状况的一种现象——它是生活意志的丧失，这种丧失促成了一种针对生活的复仇态度，并通过憎恨来表现自身。

每一种文学颓废的标志是什么？生活不再作为整体而存在。词语变成主宰并从句子中跳脱而出，句子伸展到书页之外并模糊了书页的意义,书页以牺牲作品整体为代价获得了生命——整体不再是整体。但这是对每一种颓废风格的明喻:每一次,原子的混乱,意志的瓦解……(《论瓦格纳》)

玄英
您的成名作——诗体小说《恰尔德·哈罗尔德游记》的主人公哈罗尔德,是否有您的亲身经历与精神性格熔铸其中?

拜伦
也许吧。我在第一章里写了这么一首插曲,是哈罗尔德在西班牙游历途中所吟之诗。

> 请不必向我微笑,不必!
> 　我眉头紧皱,再没有笑容;
> 愿天神保佑你永不哭泣——
> 　哭泣只怕也毫无效用。
>
> 你问我:是什么隐秘悲辛
> 　蛀蚀了我的青春和欢乐?
> 又何必枉费心思来探询
> 　你根本无力解救的灾厄?
>
> 不是由于爱,不是由于恨,
> 　也不是志向落空的懊恼,
> 使得我憎恶当今的处境,
> 　把往日珍爱的一旦全抛;

是由于一种深沉的倦怠——
　　来自所遇、所见和所闻；
红颜再不能使我欢快，
　　你的明眸也不能吸引。

正如传说中流浪的犹太人
　　被命运无尽无休地磨折；
死后的境遇既无法预闻，
　　生前又永无宁息的时刻。

哪一种流放能逃脱自己？
　　纵然我远走绝域遐方，
"思想"这恶魔——人生的瘟疫，
　　始终跟着我，纠缠不放。

世人正纷纷作乐寻欢，
　　把我所抛却的一一细品；
我惟愿他们美梦沉酣，
　　永远莫像我遽然惊醒！

带着种种可憎的记忆，
　　我还要奔走千里迢迢；
我欣幸：我已经无所畏避，
　　最苦的苦味也已经谙晓。

究竟什么是最苦的苦味？
　　别问了，行行好，别追问下去；
微笑吧——别揭开人心的帘帷，

别去看心底阴森的地狱。

(《给伊涅兹》)

曼殊
这难道不是拜伦先生您的心曲么!

拜伦
富贵荣华和食色之欢来得太轻易,我厌倦之极,只想逃避。我珍视的知己、恋人竟在顷刻间被死亡卷走,或是一别难再见。

玄英
拜伦先生,在钟鸣鼎食、浑浑噩噩的英国上流社会,您是众人皆醉我独醒。疏离感、陌生感和空虚感抓住了您的心。

曼殊
您惶惶不安地寻求解脱,大胆揭穿那些已被集体话语浸染至深的伪善者深藏于假面背后的谎言。

拜伦
没错,这孤独的冰冷的清醒让我难以忍受: 我惟愿他们美梦沉酣,永远莫像我遽然惊醒!

曼殊
索性别轻易揭开人心的帘帷,别去看心底阴森的地狱! 拜伦先生,您是否怀疑您所生活的世界? 您不相信熙攘的逢迎与笑声、动听的演讲与情话,是吗?

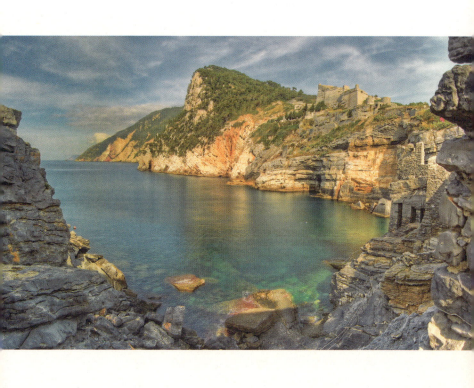

李白和拜伦走进了朋友圈

 拜伦
您读懂了我。

> 我没有爱过这世界，它对我也一样；
> 我没有阿谀过它腐臭的呼吸，也不曾
> 忍从地屈膝，膜拜它的各种偶像；
> 我没有在脸上堆着笑，更没有高声
> 叫嚷着，崇拜一种回音；纷纭的世人
> 不能把我看作他们一伙；我站在人群中
> 却不属于他们；也没有把头脑放进
> 那并非而又算作他们的思想的尸衣中，
> 一齐列队行进，因此才被压抑而致温顺。
>
> 我没有爱过这世界，它对我也一样——
> 但是，尽管彼此敌视，让我们方方便便
> 分手吧；虽然我自己不曾看到，在这世上
> 我相信或许有不骗人的希望，真实的语言，
> 也许还有些美德，它们的确怀有仁心，
> 并不给失败的人安排陷阱；我还这样想：
> 当人们伤心的时候，有些人真的在伤心，
> 有那么一两个，几乎就是所表现的那样——
> 我还认为：善不只是空话，幸福并不只是梦想。
>
> （《恰尔德·哈罗尔德游记》节选）

 玄英
您对英国社会主流文化和价值自觉地拒斥反抗，您的内心有着挥之不去的犹豫、困惑和矛盾，您不愿如其他人那样麻醉自己，安于现状。

拜伦

是的，即使如此，在我心底，我还是愿意相信这世上或许存在着不骗人的希望、真心的言语，善不只是空话，幸福并不只是梦想。

曼殊

因为您对安身立命的意义依然有所期待，所以您愿意再次上路，继续寻找。

我爱这天地与星辰

World and stars

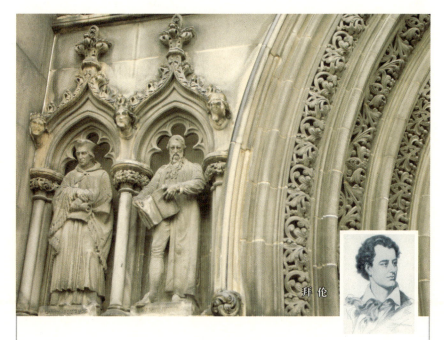

拜伦

勒钦伊盖

去吧，浓艳的景色，玫瑰的园圃！
　让富贵宠儿在你们那里遨游；
还给我巉岩峻岭——白雪的住处，
　尽管它们已许身于爱和自由；
喀利多尼亚！我爱慕你的山岳，
　尽管皑皑的峰顶风雨交加，
不见泉水徐流，见瀑布飞泻，
　我还是眷念幽暗的洛赫纳佳！

曼殊

拜伦先生，太白先生，您二位都曾经从自然中获得心灵的安慰，汲取创作的灵感，都曾笼天地于形内，挫万物于笔端。

玄英

太白先生，您在自然山水中与大化同游，探寻求仙之道，青山碧水都成为有生命的存在，成为您的知心友伴。您与与许多诗人结下深情厚谊，酒、乐、歌舞都是您与花鸟风物交往同游的"助兴活动"。多么让人羡慕向往的生活啊！

李白

众鸟高飞尽，孤云独去闲。

相看两不厌，只有敬亭山。

（《独坐敬亭山》）

劝君莫拒杯，春风笑人来。

桃李如旧识，倾花向我开。

（《对酒》节选）

花间一壶酒，独酌无相亲。

举杯邀明月，对影成三人。

月既不解饮，影徒随我身。

暂伴月将影，行乐须及春。

我歌月徘徊，我舞影凌乱。

醒时同交欢，醉后各分散。

永结无情游，相期邈云汉。

（《月下独酌》其一）

玄英
这种转物描写罕见于太白同时代之其他诗人，我忽记起宋人辛弃疾倒与之一脉相承。

辛弃疾
我见青山多妩媚，料青山见我应如是。*（《贺新郎》）*

曼殊
拜伦先生，您和太白先生有一个共通之处：自然中时而潜隐时而彰显的自我诉求、自我欲望。

玄英
太白诗仙胸襟博大，将万物之动静归化于自己的视野舞台。拜伦先生同样流连忘返于天地山川，对自然的深情抒写常常蕴含着或隐或现的历史感悟、宗教思索和政治诉求。

拜伦
去吧，浓艳的景色，玫瑰的园圃！

让富贵宠儿在你们那里遨游；

还给我巉岩峻岭——白雪的住处，

尽管它们已许身于爱和自由；

喀利多尼亚！我爱慕你的山岳，

尽管皑皑的峰顶风雨交加，
不见泉水徐流，见瀑布飞泻，
　　我还是眷念幽暗的洛赫纳佳！

啊！我幼时常常在那儿来往，
　　头戴软帽，身披格子呢外衣；
缅怀着那些亡故多年的酋长，
　　我天天蹀过松柯掩映的林地。
直到白昼收尽了暗淡余光，
　　北极星当空闪耀，我才回家；
流传的故事勾起迷人的遐想，
　　是山民传述的——在幽暗的洛赫纳佳。

"逝者的亡灵！难道我没有听到
　　席卷暗夜的怒风里，你们在喧呼？"
英雄的精魂定然会开颜欢笑，
　　驾御天风驰骋于故乡的山谷。
当风雪迷雾在洛赫纳佳聚拢，
　　冬之神驱着冰车君临天下，
云霾围裹着我们祖先的身影，
　　在那风暴里——在幽暗的洛赫纳佳。

"不幸的勇士们！竟没有什么异象
　　预示命运遗弃了你们的事业？"
你们注定了要在卡洛登阵亡，
　　哪会有胜利的欢呼将你们酬谢！
总算有幸，和你们部族一起，
　　在勃瑞玛岩穴，你们长眠地下；

高亢风笛传扬着你们的事迹,
　峰峦回应着——在幽暗的洛赫纳佳。

洛赫纳佳呵,别后已多少光阴!
　再与你相逢,还要过多少岁月!
造化虽不曾给你繁花和绿荫,
　你却比艾尔宾原野更为亲切。

(《勒钦伊盖》)

曼殊
比起雍容妍丽的玫瑰园圃,您似乎更爱白雪皑皑的巉岩峻岭,幽暗的洛赫纳佳,为何如此呢?

拜伦
因为那是陪伴我度过童年的亲切故土,自然的气息沁人心脾,一切仿佛依然葆有着质朴纯真,荡涤心灵。

历史档案员
英雄的精魂驰骋于山谷,流传的故事勾起迷人的遐想,那些曾经举戈反抗英格兰的勇士已长眠于勃瑞玛岩穴的地下,其中有诗人的母系先人——戈登家族。诗人如今也与这片故土阔别多年,但是它比英格兰的原野更加亲切。即使此去经年,先辈们的事迹依旧在风笛中传扬,还在峰峦间回荡,它们在诗人拜伦心中埋下追寻自由的种子。对自由的向往,伴随着诗人跌宕起伏的一生。

拜伦
孤独一人,为了大地而爱大地,这样是不是更好些?

李白和拜伦走进了朋友圈

莫洛亚

在自然的怀抱里，拜伦以为已经找到了心灵的平静。他一直认为，幸福是不可能的。而在孤独和自然之中，也许就存在着幸福。有时候，尤其是在傍晚，万籁俱寂，他会痴痴地望着倒影着星星和山峦的湖水，仿佛能感觉到神秘而仁慈的力量。但是，这感觉转瞬即逝。

拜伦

　　坐在山岩上，对着河水和沼泽冥想，
　　或者缓缓地寻觅树林荫庇的景色，
　　走进那从没有脚步踏过的地方
　　和人的领域以外的万物共同生活，
　　或者攀登绝路的、幽独奥秘的峰峦，
　　和那荒野中、无人圈养的禽兽一起，
　　独自倚在悬崖上，看瀑布的飞溅——
　　这不算孤独；这不过是和自然的美丽
　　展开会谈，这是打开她的富藏浏览。

　　然而，如果是在人群、喧嚣和杂沓中，
　　去听、去看、去感受，一心获取财富，
　　成了一个疲倦的游民，茫然随世浮沉，
　　没有人祝福我们，也没有谁可以祝福，
　　到处是不可共患难的、荣华的奴仆！
　　人们尽在阿谀、追随、钻营和求告，
　　虽然在知觉上和我们也是同族，
　　如果我们死了，却不会稍敛一下笑：
　　这才是举目无亲；呵，这个，这才是孤独！

　　　　　　　　　　　　（《恰尔德·哈罗尔德游记》节选）

48

曼殊

在自然美丽的怀抱中嬉戏游荡，您不再感到孤独苦闷，在林荫瀑布间和万物生灵自如地交谈。但是，当您被抛入人群，反而感到彻骨的孤独。您害怕人，不知怎样在人群中自洽，心烦意乱又睥睨一切。您觉得没有人会真心祝福您，也不愿为他人祈愿。您逃出难以呼吸和忍受的旧天地，也将自己的心门紧锁，诗歌成为您宣泄的通道。

拜伦

> 在高山耸立的地方必有他的知音，
> 在海涛滚滚的地方，那就是他的家乡，
> 只要有蔚蓝的天空和明媚的风暴，
> 他就喜欢，他就有精力在那地方游荡；
> 沙漠，树林，幽深的岩洞，浪花的雾，
> 对于他都含蕴一种情谊；它们讲着
> 和他互通的言语，那比他本土的著述
> 还更平易明白，他就常常抛开卷册
> 而去打开为阳光映照在湖上的自然的书。
>
> 有如一个迦勒底人，他能观望着星象，
> 直到他看到那上面聚居着像星星
> 一样灿烂的生命；他会完全遗忘
> 人类的弱点，世俗，和世俗的纷争；
> 呵，假如他的精神能永远那么飞升，
> 他会快乐；但这肉体的泥坯会扑灭
> 它不朽的火花，嫉妒它所升抵的光明，
> 仿佛竟要割断这唯一的环节；

是它把我们联到那向我们招手的天庭。

> 然而在人居的地方，他却成了不宁
> 而憔悴的怪物，他怠倦，没有言笑，
> 他沮丧得象一只割断翅膀的野鹰，
> 只有在漫无涯际的太空才能逍遥；
> 以后他又会一阵发狂，抑不住感情，
> 有如被关闭的小鸟要急躁地冲击，
> 嘴和胸脯不断去撞击那铁丝的牢笼，
> 终于全身羽毛都染满血，同样地，
> 他那被阻的灵魂的情热噬咬着他的心胸。
>
> （《恰尔德·哈罗尔德游记》节选）

曼殊

高山、海浪、青空、森林、岩洞，无一不与您互通心曲，静谧的星空让您向往永恒的天国，让您忘却红尘烦恼，与远古的魂灵对话，让自己的生命完全地与宇宙星辰融为一体。

拜伦

哪怕是做一只尚能展翅的苍鹰，哪怕做一只未被笼子囚禁的鸟儿！我多么渴望自己的身心能永远那么自由地飞翔。我的情感如流淌的岩浆愈加灼热滚烫，喷薄欲出。在广袤天地中，我可以让思绪和情感自由地释放驰骋；而在人群中，那被阻的灵魂的热情噬咬着我的心胸。

曼殊

世人皆以为您是命运的宠儿，却不知您的诗篇是暗夜苦痛里开出的花。无人可诉的挣扎悲鸣有谁人知晓？生机盎然的原野、巍峨壮丽的山峦、静谧深邃的湖泊，也终究无法消弭您内心永无止息的鏖战。

玄英

李白先生，您也曾以自然天地作为入世受挫时的避难所和安抚心灵的港湾。您自幼深受道教文化濡染，年轻时就已入道，且正式接受道箓而成为一名道士。所以，您诗歌里的自然风物始终氤氲着仙风灵象。

李白

那是自然胸臆的抒发。

> 海客谈瀛洲，烟涛微茫信难求。
> 越人语天姥，云霞明灭或可睹。
> 天姥连天向天横，势拔五岳掩赤城。
> 天台四万八千丈，对此欲倒东南倾。
> 我欲因之梦吴越，一夜飞度镜湖月。
> 湖月照我影，送我至剡溪。
> 谢公宿处今尚在，渌水荡漾清猿啼。
> 脚著谢公屐，身登青云梯。
> 半壁见海日，空中闻天鸡。
> 千岩万转路不定，迷花倚石忽已暝。
> 熊咆龙吟殷岩泉，栗深林兮惊层巅。
> 云青青兮欲雨，水澹澹兮生烟。
> 列缺霹雳，丘峦崩摧。

洞天石扉，訇然中开。

青冥浩荡不见底，日月照耀金银台。

霓为衣兮风为马，云之君兮纷纷而来下。

虎鼓瑟兮鸾回车，仙之人兮列如麻。

忽魂悸以魄动，恍惊起而长嗟。

惟觉时之枕席，失向来之烟霞。

世间行乐亦如此，古来万事东流水。

别君去兮何时还，且放白鹿青崖间。须行即骑访名山。

安能摧眉折腰事权贵，使我不得开心颜？

（《梦游天姥吟留别》）

 曼殊

诗中飘渺难求的海上仙山，完全是梦境幻化的动人心魄的图景，这一场游仙经历短暂却令人回味无穷。

 玄英

先生得仙力之助飞度镜湖，身登青云，眼见千岩万转路不定，迷花倚石忽已暝，耳畔呼啸着熊咆龙吟，忽而光影交叠中仙君乍现，好似历经艰难险阻终于得见天日，得面仙容，也终得升堂入室。刹那间梦境消散，骤然惊醒，回返现实。

 曼殊

如此汪洋恣肆的想象，除谪仙太白之外，宁有匹敌乎？

 李白

世间行乐亦如此，功名利禄如逝水！岂能为留在朝堂而卑躬屈膝于权贵小人，使我不得开心颜？彼一世之雄也，而今安在哉？惟镜湖之清风，与山间之明月，取之无禁，用之不竭，是造物者之永恒无尽藏也，何不挟飞仙以遨游，抱明月而长终！且放白鹿青崖间，须行即骑访名山，这不正是人生至乐归宿么？

 历史档案员

诚然，入世与出世的两极在李白心中暧昧游移地变换着位置，却都是他不肯、不曾舍弃的，二者的纠葛贯穿并牵绊着李白的一生。青年李白曾漫游梁宋、东鲁、宣州、苏杭，席不暇暖，广结官员隐士，而始终未能谋得高升庙堂的机会。终于，他盼到天子征召的一日，欣喜若狂。

 李白

高歌取醉欲自慰，起舞落日争光辉。
游说万乘苦不早，著鞭跨马涉远道。
会稽愚妇轻买臣，余亦辞家西入秦。
仰天大笑出门去，我辈岂是蓬蒿人！

（《南陵别儿童入京》节选）

 李肇

李白在翰林多沉饮。玄宗命撰乐词，醉不可待，以水沃之，白稍能动，索笔一挥十数章，文不加点。（《唐国史补》）

 玄英

此时，太白先生笔下的花草丹霞也陡然改变了姿容，满眼倩丽旖旎了呢!

李白
听一听我的《宫中行乐词》三首吧:

> 柳色黄金嫩,梨花白雪香。
> 玉楼巢翡翠,珠殿锁鸳鸯。
> 选妓随雕辇,徵歌出洞房。
> 宫中谁第一?飞燕在昭阳。
>
> 卢橘为秦树,蒲桃出汉宫。
> 烟花宜落日,丝管醉春风。
> 笛奏龙鸣水,箫吟凤下空。
> 君王多乐事,还与万方同。
>
> 绣户香风暖,纱窗曙色新。
> 宫花争笑日,池草暗生春。
> 绿树闻歌鸟,青楼见舞人。
> 昭阳桃李月,罗绮自相亲。

曼殊
谁知朝廷官场拉帮结派、倾轧勾连远远超出您的预料,您心性自由,岂能向这蝇营狗苟折腰?

李白
无奈以翰林待诏身份供奉三年后,我便被赐金放还,也是我想得太简单!

曼殊

君王虽爱蛾眉好，无奈宫中妒杀人！宫廷之中的勾心斗角、结党营私，岂是直率任真的谪仙人能应对得来的？

玄英

谗言冷箭接踵而至，且太白先生好酒，不拘形骸，玄宗也难以委其重任。

历史档案员

李白获罪贬逐南方，忆往昔峥嵘岁月，翘首北望长叹息，他依然有心报国，无奈长安已远。

李白

回想当年，我对王城岁月始终还是有所眷恋，展宏图成霸业之抱负在心中挥之不去。细雨梦回春已老，凤楼迢递燕应迷。在洞庭，我与曾任中书舍人的贾至邂逅，惺惺相惜。

> 洞庭西望楚江分，水尽南天不见云。
> 日落长沙秋色远，不知何处吊湘君。
>
> 南湖秋水夜无烟，耐可乘流直上天。
> 且就洞庭赊月色，将船买酒白云边。
>
> 洛阳才子谪湘川，元礼同舟月下仙。
> 记得长安还欲笑，不知何处是西天。

洞庭湖西秋月辉，潇湘江北早鸿飞。
醉客满船歌《白苎》，不知霜露入秋衣。

帝子潇湘去不还，空余秋草洞庭间。
淡扫明湖开玉镜，丹青画出是君山。

(《陪族叔刑部侍郎晔及中书贾舍人至游洞庭五首》)

曼殊
从未远离红尘的谪仙人，也有落寞幽怨的时候啊！

观史早知今日事

Right now

李白

登金陵凤凰台

凤凰台上凤凰游，凤去台空江自流。
吴宫花草埋幽径，晋代衣冠成古丘。
三山半落青天外，二水中分白鹭洲。
总为浮云能蔽日，长安不见使人愁。

曼殊

拜伦和李白二位先生都在各自的时代社会成为超逸脱俗、落寞于众者,又不约而同地关注着逝去的苍茫历史和当下的广阔世界。

玄英

你们从未远离所生活的社会,主动地探寻与思索自己的家园和他乡异邦的过去、现在与未来。你们在远游羁旅中凭吊古迹,以诗笔寄托对历史家国的反思,将自己的心灵与遥远的先人对话,亦对现实之黑暗鞭挞痛斥,振臂呼喊。

李白

苍苍金陵月,空悬帝王州。
天文列宿在,霸业大江流。
绿水绝驰道,青松摧古丘。
台倾鹢鹊观,宫没凤凰楼。
别殿悲清暑,芳园罢乐游。
一闻歌玉树,萧瑟后庭秋。

（《月夜金陵怀古》）

历史档案员

李白游至金陵,留下很多吊古怀古的名篇。他甚爱南朝谢朓的名句:"江南佳丽地,金陵帝王州。"（《随王鼓吹曲·入朝曲》）鸂鶒观即鸂鶒楼，是金陵城中的南朝宫廷楼观。

李白
凤凰楼、清暑殿、乐游苑，它们在六朝之时，曾是何等繁华锦绣！如今都已埋没随百草。

陈叔宝
玉树后庭花，花开不复久。（《玉树后庭花》）不想我一语成谶，竟成亡国之音。

玄英
眼看六朝金粉随江水一去不复返，物非人非空萧瑟。

曼殊
太白先生，您在对文学先辈的怀念向往中，洋溢着真挚深切的惺惺相惜之情，还有与之比肩神交的情志。

李白
　　金陵夜寂凉风发，独上高楼望吴越。
　　白云映水摇空城，白露垂珠滴秋月。
　　月下沉吟久不归，古来相接眼中稀。
　　解道澄江净如练，令人长忆谢玄晖。

（《金陵城西楼月下吟》）

历史档案员
金陵城西楼，即"孙楚楼"，为观景胜地，西晋诗人孙楚曾在此登高吟咏，故而得名。它位于金陵西北覆舟山上，可俯瞰金陵城与长江。太白于寂静秋夜独自登楼,不免感到孤独惆怅,思心徘徊,却又无人可解。秋露如珠,秋月如珪,视野的寥廓清寂令他的思绪驰骋古今。谢玄晖,即南朝山水诗人谢朓,他与"大谢"谢灵运同族,世称"小谢"。

 李白
光阴往来之中,与我相知相契的人何其稀少,南朝谢朓堪称其一!

> 蓬莱文章建安骨,中间小谢又清发。
> 俱怀逸兴壮思飞,欲上青天览明月。

(《宣州谢朓楼饯别校书叔云》节选)

 曼殊
谢朓的《晚登三山还望京邑》雅丽动人,我甚是喜爱,也常自吟咏:

> 灞涘望长安,河阳视京县。
> 白日丽飞甍,参差皆可见。
> 余霞散成绮,澄江静如练。
> 喧鸟覆春洲,杂英满芳甸。
> 去矣方滞淫,怀哉罢欢宴。
> 佳期怅何许,泪下如流霰。
> 有情知望乡,谁能鬒不变?

李白
此乃前辈名篇，佩服之至，故而吾化用之！

王安石
吾亦爱此"澄江静如练"句。晚年退居金陵，也曾登临吊古：

> 登临送目，正故国晚秋，天气初肃。千里澄江似练，翠峰如簇。归帆去棹残阳里，背西风，酒旗斜矗。彩舟云淡，星河鹭起，画图难足。

> （《桂枝香·登临送目》上阕）

李白
吾亦有同感。

> 凤凰台上凤凰游，凤去台空江自流。
> 吴宫花草埋幽径，晋代衣冠成古丘。
> 三山半落青天外，二水中分白鹭洲。
> 总为浮云能蔽日，长安不见使人愁。

> （《登金陵凤凰台》）

历史档案员
这是一首怀古伤今的名作。金陵曾是三国东吴、东晋南渡后的都城，凤凰台位于金陵城凤台山。李白登高望远，想起遥远的历史和渺远的长安。除了抒发往昔风流烟消云散的盛衰变迁之叹，李白还忍不住倾吐自己遭小人谗毁排挤被迫辞京、空怀抱负却报国无门的愤懑不平，以及对当下时局的忧虑。

玄英

太白先生常以管仲、乐毅、孔明自许，您自信有如这些先辈一样的政治才能，始终希望有朝一日得贤主赏识礼遇，骤居显位担当大任，施展其惊世之才，辅助君王成就霸业。然而您放旷真率、清高不羁的个性又注定不适合在尔虞我诈的官场生存。

李白

唉——时下外戚、小人干政，致使朝野不稳，忠臣被贬，浮云蔽日。大唐盛世酝酿着危机，无奈长安已是万里之遥，终是无能为力了。

> 西上莲花山，迢迢见明星。
> 素手把芙蓉，虚步蹑太清。
> 霓裳曳广带，飘拂升天行。
> 邀我登云台，高揖卫叔卿。
> 恍恍与之去，驾鸿凌紫冥。
> 俯视洛阳川，茫茫走胡兵。
> 流血涂野草，豺狼尽冠缨。

（《古风》其十九）

历史档案员

这首诗大抵作于安史之乱时，洛阳为胡人安禄山之反军攻破之后。绵邈秀丽、远离纷扰的仙境，与豺狼横行、哀鸿遍野的人世形成莫大的反差。诗歌描写主人公登西岳华山之莲花峰，得见天女，升入仙境，又不忘返顾人间。虚实相生，亦真亦幻的图景融合了许多文化掌故，辞采华茂，实则寄慨深沉。

《华山记》

山顶有池，生千叶莲花，服之羽化，因曰华山。

《太平广记》

明星玉女者，居华山，服玉浆，白日升天。

《名山记》

云台峰在太华山东北，两峰峥嵘，四面陡绝，上冠景云，下通地脉，嶷然独秀，有若灵台。

历史档案员

卫叔卿，汉武帝时人也，服云母得仙。一日他乘云车，驾白鹿，从天而下，来集殿廷，本意谒帝，因闻武帝曰"是朕臣也"，于是大失所望，默然不应，忽焉不知所在。

玄英

此太白先生以卫叔卿自比也。

曼殊

与太白先生高古沉郁的格调相较，拜伦先生，您吊古的诗章更多地浸染着哀恸心扉的泪水，呼啸着急管繁弦的悲鸣。

拜伦

1

在巴比伦的河边我们坐下来

悲痛地哭泣，我们想到那一天

我们的敌人如何在屠杀叫喊中，

焚毁了撒冷的高耸的神殿；
　　而你们，呵，她凄凉的女儿！
　　　　你们都号哭着四处逃散。

　　　　　　　2
　　当我们忧郁地坐在河边
　　　　看着脚下的河水自由地奔流，
　　他们命令我们歌唱；呵，绝不！
　　　　我们绝不在这事情上低头！
　　宁可让这只右手永远枯瘦，
　　　　但我们的圣琴绝不为异族弹奏！

　　　　　　　3
　　我把那竖琴悬挂在柳梢头，
　　　　噢，撒冷！它的歌声该是自由的；
　　想到你的光荣丧尽的那一刻，
　　　　却把你的这遗物留在我手里：
　　呵，我绝不使它优美的音调
　　　　和暴虐者的声音混在一起！

　　　　　　（《在巴比伦的河边我们坐下来哭泣》，查良铮译）

　　哭吧，为巴别河畔衰哭的流民：
　　圣地荒凉，故国也空余梦境；
　　哭吧，为了犹达断裂的琴弦；
　　哭吧，渎神者住进了原来的神殿！

　　以色列上哪儿洗净流血的双脚？

锡安山几时再奏起欢愉的曲调？
犹达的歌声几时再悠扬缭绕，
让颗颗心儿在这仙乐里狂跳？

只有奔波的双足，疲惫的心灵，
远离故土的民族哪会有安宁！
斑鸠有它的窠巢，狐狸有洞窟，
人皆有祖国——以色列只有坟墓！

（《哭吧》）

历史档案员

公元前10世纪，以色列王国一分为二。前722年，亚述帝国攻陷北部以色列王国首都撒玛利亚，南部的犹太王国于前581年被尼布甲尼撒二世统治的新巴比伦王国所灭，大部分犹太王室、贵族、能工巧匠和其他平民数万人被掳至新巴比伦王国首都巴比伦，史称"巴比伦之囚"，犹太王国首都耶路撒冷的圣殿被抢毁，城墙被推倒，全城被洗劫一空，犹太王国灭亡。背井离乡、长歌当哭的犹太人没有忘记故土，他们凭自己的智慧勤劳谋生，进而成为犹太文明薪火相传的中坚力量。

拜伦

哭吧！为巴别河畔哀哭的以色列流民！被夷为废墟的都城上哪儿去洗净流血的双脚？锡安山这座耶和华的圣山，可还能再奏起欢愉的曲调？

曼殊
物犹如此,人何以堪? 犹太人国破家亡,被迫流浪,您对他们的深重苦难满怀同情,或许因为您也曾经历背井离乡吧。

玄英
您将满腔忧郁倾诉于昔年流亡他乡的以色列人,哀叹他们的流离失所,同时也向其心怀故国之气节致敬,以色列人的圣琴绝不为异族弹奏,绝不能使它优美的音调和暴虐者的声音混在一起:我即使肉体陨灭,也只为自由而歌!

曼殊
看您漫游各国所咏之诗章,希腊、以色列(犹太)国当为其寄情最深者。正如您在诗中写道:"希腊如可兴,我从梦中睹。"(《哀希腊》)

拜伦
行至爱琴海畔,眼见如今受奴役于奥斯曼土耳其帝国的希腊万事蠹坠,岂复如昔时所称文明之邦,亦为印度、巴比伦、埃及之类耳! 岂不痛哉!

玄英
在长篇诗体小说《唐璜》中,您借行吟歌者之口饱含感情地追怀希腊往昔的文萃武功、英雄业绩,痛惜如今霄壤之别的国丧民颓、堕落不堪之境况,以尖锐的讽刺手法批判希腊人甘于奴役的心态,抒发一个他乡之客"哀其不幸,怒其不争"的情感,力图唤起希腊人的爱国情怀与奋斗精神。

拜伦

希腊群岛呵，希腊群岛！
　你有过萨福歌唱爱情，
你有过隆盛的武功文教，
　太阳神从你的提洛岛诞生！
长夏的阳光还灿烂如金——
除了太阳，一切都沉沦！

开俄斯歌手，忒俄斯诗人，
　英雄的竖琴，恋人的琵琶，
在你的境内没没无闻，
　诗人的故土悄然喑哑——
他们在西方却名声远扬，
远过你祖先的乐岛仙乡。

巍巍群山望着马拉松，
　马拉松望着海波万里；
我沉思半晌，在我梦幻中
　希腊还像是自由的土地；
脚下踩的是波斯人坟墓，
我怎能相信我是亡国奴！

有一位国王高坐在山顶，
　萨拉米海岛展现在脚下；
成千的战舰，各国的兵丁，
　在下面排开——全归他统辖！

71

天亮时，他还在数去数来——
太阳落水时，他们安在？

他们安在？祖国呵，你安在？
　在你万籁齐喑的国境，
英雄的歌曲唱不出声来——
　英雄的心胸再不会跳动！
你的琴向来不同凡响，
竟落到我这凡夫手上？

置身于披枷带锁的民族，
　没什么荣誉，也自有想头：
至少，能痛感邦家的屈辱，
　歌唱的时候，我满面含羞；
诗人在这里有什么作用？
为祖国落泪，为同胞脸红！

皮瑞克舞步你们还会跳，
　皮瑞克方阵今日在何方？
两项课业中，为什么忘掉
　那更为崇高英武的一项？
老卡德摩斯教你们字母，
难道是为了教育亡国奴？

满满倒一杯萨摩斯美酒！
　最好别再想这些问题！
阿那克里翁的妙曲清讴
　也曾借助于醇酒的神力；

他侍奉波吕克拉提——霸君;
那时候主子总还是本国人。

刻松的霸君——米太亚得,
　　他捍卫自由,何等勇武;
但愿我们在此时此刻
　　有一个这样刚强的雄主!
靠他手里的银铛铁锁,
把我们捆扎得牢不可破。

满满倒一杯萨摩斯美酒!
　　苏里的山岩,巴加的海岸,
有一脉遗族兀自存留,
　　倒还像斯巴达母亲的儿男;
那一带也许前人播了种,
后代可算得赫丘利血统。

争取自由别指靠西方——
　　他们的国王精于做买卖;
靠本国队伍,靠本国刀枪,
　　才是你们的希望所在;
土耳其武力,拉丁人欺骗,
都能把你们盾牌砸烂。

满满倒一杯萨摩斯美酒!
　　树荫下,少女们起舞翩翩——
一对对乌黑闪亮的明眸,
　　一张张红润鲜艳的笑脸;

想起来热泪就滔滔涌出：
她们的乳房都得喂亡国奴！

让我登上苏尼翁石崖，
　　那里只剩下我和海浪，
只听见我们低声应答；
　　让我像天鹅，在死前高唱：
亡国奴的乡土不是我邦家——
把萨摩斯酒盏摔碎在脚下！

（《哀希腊》）

历史档案员

女诗人萨福是古希腊描写个人爱情悲欢的第一人，提洛岛是太阳神阿波罗的诞生地。开俄斯的荷马，忒俄斯的阿那克里翁，他们的诗篇流芳百世。公元前490年，雅典人曾在马拉松击败波斯军队，前480年，雅典人又在萨拉米岛击败大举入侵的波斯海军，为何如今的希腊只剩侵略者和亡国奴！前480年，斯巴达三百勇士奋勇抗击波斯大军，壮烈殉国。

拜伦

这样的英雄志士如今安在哉？曾经璀璨、源远流长的希腊文明，如今竟要落入他人之手？岂不痛哉！

曼殊

我记得出产于萨摩斯岛的美酒是您所爱，您诗中一次次地唱起"满满倒一杯萨摩斯美酒"，也召唤出古希腊文学的经典传统之一——饮酒作乐、畅享欢愉的飨宴主题。

玄英

您讽刺那些亡国的臣民如今置酒虚度，将家国伤逝弃如敝屣，表达"哀其不幸，怒其不争"的愤慨，令人联想起唐代杜牧的《泊秦淮》。

杜牧

　烟笼寒水月笼沙，夜泊秦淮近酒家。
　商女不知亡国恨，隔江犹唱后庭花。

曼殊

《哀希腊》诗的最后一节最令人心潮澎湃：诗人立于苏尼安海岬高耸的绝壁上俯视波涛，这个阿提卡南端的著名海角的最高点建有海神波塞冬的神庙，是一个庄严神圣的场所。诗人表达了自己宁死不愿做亡国奴的意志，他将酒杯打破，决意像天鹅一样吟唱着死去，这个结尾使整首诗被赋予绝命辞的意味与壮烈崇高的情怀，"萨摩斯酒"也最终成为绝命酒。

历史档案员

《哀希腊》一诗，在《唐璜》这部长篇诗体小说中，无论是内容还是形式，都是一个特立独行的存在，却与拜伦在文学文本之外的人生行旅轨迹相契合——拜伦晚年身体力行地积极投身于希腊民族解放运动。《唐璜》第三章完成于1820年，现实中的诗人对希腊独立运动已萌生兴趣和热情。1824年1月拜伦抵达希腊米索郎基，帮助当地民众训练军队，为其慷慨解囊。三个月后拜伦不幸因病逝世于迈索隆吉翁，希腊人民将这位英年早逝的异国战士视为英雄，举国哀悼。拜伦在《唐璜》第八章一百三十八节中说道"我唱得草率大意"，这种漫不经心恰恰是饱含良苦用心。

 曼殊

昔者，希腊独立战争时，身为英吉利人的拜伦投身戎行以助之，为诗以励之，思其情怀义勇，不胜怆恻！如此为正义理想英勇舍身的凛然大义与高风亮节，与吾国屈原何其相似！善哉拜伦！以诗人去国之忧，寄之吟咏，谋人家国，功成不居，虽与日月争光可也！

 屈原

彼尧舜之耿介兮，既遵道而得路。

何桀纣之昌披兮，夫惟捷径以窘步。

惟夫党人之偷乐兮，路幽昧以险隘。

岂余身之惮殃兮，恐皇舆之败绩！

忽奔走以先后兮，及前王之踵武。

荃不察余之中情兮，反信谗而齌怒。

余固知謇謇之为患兮，忍而不能舍也。

指九天以为正兮，夫惟灵修之故也。

（《离骚》节选）

 玄英

曼殊，你也经历了同样的苦难啊！

 曼殊

国难之时，我赴日本。一日，夜月照积雪，我与友人泛舟游于栃木县名胜中禅寺湖。思及蒙受苦难的故国，百感交集，我高声诵读拜伦《哀希腊》之篇。歌已哭，哭复歌，声音与湖水相应。舟子惶然……

玄英

你是为国难而哭，为自由而歌。

曼殊

拜伦先生，您也从未停止为自由而歌，为人类的精神解放呐喊，怀古的诗章与讽今的檄文共同构成您诗歌的浓墨重彩。

拜伦

艾伯爵真高明！赖大人更精细！
　　靠你们，准能够振兴英国；
霍勃雷，哈罗贝，帮你们治理，
　　他们的医术是：先杀了再说。
那一帮贱种，织工们，真犟，
　　以"仁爱"为名，要什么救助——
把他们吊死在工厂近旁，
　　就能够了结这一桩"错误"。

那一帮无赖，也许会抢劫，
　　像一群野狗，没啥东西吃——
谁弄坏纱轴，便立地绞决，
　　好节省政府的钱财和肉食。
造人挺容易，机器可难得——
　　人命不值钱，袜子可贵重——

舍伍德的绞架使山河生色，
　　显示着商业和自由的兴隆！

近卫团，志愿队，法院的法警，
　　三名推事官，两位保安官，
二十个绞刑手，二十二团官兵，
　　把这些穷小子缉拿归案；
有几位爵爷，想找审判员
　　作一番咨询，可是办不到，
利物浦不肯给这种恩典，
　　压根儿没审判，就通通干掉！

人们一定会感到惊诧：
　　在百姓啼饥号寒的时候，
人命竟不值一双长袜？
　　打烂机器的该打断骨头？
我想：（谁不这么想？）如果
　　当真是这样，有这种蠢汉——
人家要救助，他却给绞索，
　　那就先把他骨头打断！

（《"编织机法案"编制者颂》）

历史档案员

轰轰烈烈的工业革命让英国成为世界工厂，也改变了
社会生产的方式、阶级结构与其张力关系。1811至
1812年，以纺织工人为主导的英国工人掀起了反抗资
本家压榨的暴动，捣毁机器，直接揭露"人为物役"的
机械化大生产的弊端，英国政府对工人运动血腥镇

压，并于1812年春授意国会通过"编织机法案"，规定凡是破坏机器者一律处死。拜伦在上议院发表了为工人运动辩护、谴责抨击政府暴行的演说，被执政当局和媒体猛烈挞伐。随后，拜伦于《晨报》发表了这首《"编织机法案"编制者颂》，对当权者尖锐辛辣地讽刺并吹起战斗的号角。

曼殊

"艾伯爵"是时任英国大法官兼上议院议长的约翰·司各特·艾尔登，"赖大人"指时任英国内政大臣的理查·赖德尔。

拜伦

人命微贱，还不如机器值钱？这些刽子手治下的英国，商业兴隆，山河多姿，哪管百姓啼饥号寒。

玄英

您说出了多少人不敢直言的真相！

生的欲望与死的执迷

Life and Death

拜 伦

当这副受苦的皮囊冷却

当这副受苦的皮囊冷却，
　　那不灭的精魂漂泊何处？
它不会消殒，它不会停歇，
　　走了，撇下这晦暗尘土。
无影无形，它是否追蹑
　　座座行星在天宇的途程？
是否列入了寥廓上界——
　　那儿有无数俯瞰的眼睛？

曼殊

同样面对人生如寄、今非昔比之境，太白以积极的生命意志和及时行乐的人生态度畅饮生命的醇酒，而拜伦，死亡的恐惧和迷恋纠缠了他一生。

李白

夫天地者，万物之逆旅也；光阴者，百代之过客也。而浮生若梦，为欢几何？古人秉烛夜游，良有以也。况阳春召我以烟景，大块假我以文章。会桃花之芳园，序天伦之乐事。群季俊秀，皆为惠连；吾人咏歌，独惭康乐。幽赏未已，高谈转清。开琼筵以坐花，飞羽觞而醉月。不有佳咏，何伸雅怀？如诗不成，罚依金谷酒数。（《春夜宴从弟桃花园序》）

历史档案员

李白亲历了"稻米流脂粟米白，公私仓廪俱丰实"（杜甫《忆昔》）的开元盛世，又目睹了天宝之乱。

玄英

太白先生，您把世事无常、人生如寄看作生命的本相。面对人生的动荡不安，您采取的是及时行乐的态度："三万六千日，夜夜当秉烛。"

李白

我热爱自然的清音，也热爱人间的各种丝竹管弦，兴之所至，欣然忘情。时常手之舞之，足之蹈之。

> 尔恐碧草晚，我畏朱颜移。
> 愁看杨花飞，置酒正相宜。
> 歌声送落日，舞影回清池。
> 今夕不尽怀，留欢更邀谁？
>
> （《宴郑参卿山池》）

曼殊

追求放纵任侠的豪侠之气与向往长生仙道的憧憬热忱，在您身上融合为一，您纵情地享受良辰美景与感官愉悦，诉诸吟咏，落笔成诗。

李白

> 春草如有意，罗生玉堂阴。
> 东风吹愁来，白发坐相侵。
> 独酌劝孤影，闲歌面芳林。
> 长松尔何知，萧瑟为谁吟？
> 手舞石上月，膝横花下琴。
> 过此一壶外，悠悠拜我心。
>
> （《独酌》）

曼殊

您从未回避或拒斥世俗红尘的声色之乐，您与天地万物一见如故，与月影山花飞鸟为友朋，也喜爱在欣赏美景时开怀畅饮，对酒当歌。您与拜伦勋爵一样，敏感的内心常常涌动着热烈的情感，情动于心，便成于言。

李白

白鸡梦后三百岁，洒酒浇君同所欢。
酣来自作青海舞，秋风吹落紫绮冠。

（《东山吟》）

两人对酌山花开，一杯一杯复一杯。
我醉欲眠卿且去，明朝有意抱琴来。

（《山中与幽人对酌》）

 玄英

最淋漓尽致地表达您放旷胸襟的诗篇，应是那千古传诵的《将进酒》！

 李白

君不见黄河之水天上来，奔流到海不复回。
君不见高堂明镜悲白发，朝如青丝暮成雪。
人生得意须尽欢，莫使金樽空对月。
天生我材必有用，千金散尽还复来。
烹羊宰牛且为乐，会须一饮三百杯。
岑夫子，丹丘生。将进酒，杯莫停。
与君歌一曲，请君为我倾耳听。
钟鼓馔玉不足贵，但愿长醉不用醒。
古来圣贤皆寂寞，唯有饮者留其名。
陈王昔时宴平乐，斗酒十千恣欢谑。
主人何为言少钱？径须沽取对君酌。
五花马，千金裘。
呼儿将出换美酒，与尔同销万古愁。

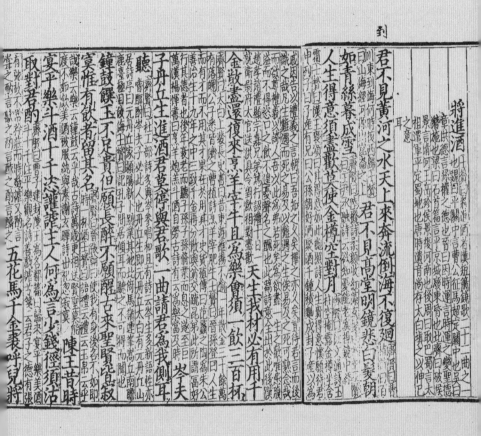

將進酒

君不見黃河之水天上來，奔流到海不復回。

君不見高堂明鏡悲白髮，朝如青絲暮成雪。

人生得意須盡歡，莫使金樽空對月。

天生我材必有用，千金散盡還復來。

烹羊宰牛且為樂，會須一飲三百杯。

岑夫子，丹丘生，將進酒，君莫停。

與君歌一曲，請君為我側耳聽。

鐘鼓饌玉不足貴，但願長醉不願醒。

古來聖賢皆寂寞，惟有飲者留其名。

陳王昔時宴平樂，斗酒十千恣讙謔。

主人何為言少錢，徑須沽取對君酌。

五花馬，千金裘，呼兒將出換美酒

玄英
大展鸿图的壮志抱负，及时行乐的人生态度，会同笑傲
江湖的豪迈气概，尽在此诗中，壮哉！

曼殊
人生苦短，欢愉的时光更是有限，得意之时须尽欢。您
热爱红尘俗世却不媚俗，"天生我材必有用，千金散尽还
复来"是您高调的入世宣言。入世而不得，退而置酒高
歌，遍访名山大川。您并不认同伯夷、叔齐、孔丘的人生
理念，"我本楚狂人，凤歌笑孔丘"。

李白
性格使然吧！

朝策犁眉骝，举鞭力不堪。
强扶愁疾向何处。角巾微服尧祠南。
长杨扫地不见日，石门喷作金沙潭。
笑夸故人指绝境，山光水色青于蓝。
庙中往往来击鼓，尧本无心尔何苦？
门前长跪双石人，有女如花日歌舞。
银鞍绣毂往复回，簸林蹴石鸣风雷。
远烟空翠时明灭，白鸥历乱长飞雪。
红泥亭子赤栏干，碧流环转青锦湍。
深沉百丈洞海底，那知不有蛟龙蟠。
君不见绿珠潭水流东海，绿珠红粉沉光彩。
绿珠楼下花满园，今日曾无一枝在。
昨夜秋声阊阖来，洞庭木落骚人哀。
遂将三五少年辈，登高远望形神开。

生前一笑轻九鼎，魏武何悲铜雀台。

我歌白云倚窗牖，尔闻其声但挥手。

长风吹月度海来，遥劝仙人一杯酒。

酒中乐酣宵向分，举觞酹尧尧可闻。

何不令皋繇拥篲横八极，直上青天扫浮云。

高阳小饮真琐琐，山公酩酊何如我？

竹林七子去道赊，兰亭雄笔安足夸？

尧祠笑杀五湖水，至今憔悴空荷花。

尔向西秦我东越，暂向瀛洲访金阙。

蓝田太白若可期，为余扫洒石上月。

（《鲁郡尧祠送窦明府薄华还西京》）

历史档案员

天宝三载（744），李白被赐金放还，继而东游梁宋，后归东鲁。天宝五载，李白久病初愈，与故交窦薄华等同游鲁郡尧祠。此时，诗人尚怀抑郁，对长安岁月留恋不已。山光水色，鼓乐喧嚣，令诗人感叹：水盈则溢，月满则亏，宇宙万物之理也！诗人将与友人分别，将向瀛洲访仙阁，暂不能辅佐君侧，便不如归于蓝田太白的名山胜水！

玄英

昂首天外的气概，妙笔生花的神来想象，是太白先生诗篇最为夺目动人的光彩。先生对自然的歌咏，对仙境的畅想，对历史故迹的凭吊，对先人的咏叹，无不让古今人事万物皆着"我"之色彩。

曼殊

如果说太白先生以积极进取的生命意志和秉烛夜游、及时行乐的态度畅饮生命的醇酒，那么拜伦先生对死亡的恐惧和迷恋则让它投射在内心的影子与诗人纠缠了一生。

莫洛亚

拜伦的个性中始终流淌着一种慷慨又不健康的感情。这种感情在他的青年时代，原该形成一种美好的性格。寒冬般的乖戾脾气，挫伤了小荷才露之尖角，但并没有完全扼杀。拜伦说，他是个堕落的安琪儿。是的，他身上确实存在安琪儿所有的品质。但是，他发现人是如此残忍和虚假，心中充斥了对伪善的恐惧。目之所及，他看到的都是自私和虚假。他仿佛因为嘲笑罗曼蒂克的情感而感到乐趣，但片刻后，又会显出同样的情感。

曼殊

拜伦对死亡的"亲切感"从孩童时代便初见端倪，坟墓的阴影过早地笼罩于他周围。

拜伦

在哈罗公学读书时，我喜欢独自一人到哈罗山顶的教堂去，流连于教堂四周的墓地所，惬意地沉浸在忧郁感伤的氛围中。在墓地边，我想起幼时听闻的关于地狱的描述，十五岁夭折的表姐玛格丽特让我第一次切身感到鲜活生命转瞬消逝的无措和无力感，我甚至想象出一个自己的坟茔。

玄英

坟墓、废墟的意象在您心中挥之不去,您曾如此描绘所继承的纽斯台德:

拜伦

纽斯台德! 一度辉煌的大厦顷刻坍塌了!
哦, 宗教的神殿! 你是痛悔前非的亨利的骄矜,
你是武士、僧侣和少女们与世隔绝的坟墓,
在那废墟四周徘徊的, 又是谁忧郁的身影……

(《唐璜: 拜伦传》)

曼殊

在随后的青年岁月中,您多次为年轻的朋友写过挽歌,一次次尝到天人永隔的痛苦。

拜伦

我的母亲突然病故,我还没能从这沉重的打击中走出,接着数日之后,我的莫逆之交马修斯被河中水草所缠,溺水而亡。我甚至没有机会与他们好好告别,悲怆、茫然和孤独攫住了我的身心,令我无数次地遐想自己的死亡和身后的世界:

当这副受苦的皮囊冷却,
那不灭的精魂漂泊何处?
它不会消殒, 它不会停歇,
走了, 撇下这晦暗尘土。
无影无形, 它是否追蹑
座座行星在天宇的途程?

是否列入了寥廓上界——
　　那儿有无数俯瞰的眼睛？

永恒、无限、不朽的思想——
　　无人能见它，它察见一切；
大地高空的森罗万象
　　都听它召唤，都受它检阅。
往昔岁月的朦胧旧事，
　　记忆里不过淡淡留痕，
只要精魂纵目一扫视，
　　历历前尘就毕露纷呈。

这精魂回眸细察原先
　　人类诞生之前的混沌；
这精魂探访最远一重天，
　　追溯它出世升空的途径。
"未来"致力于建造或摧毁，
　　这精魂睁眼审视来日；
当太阳熄灭，星系崩颓，
　　它自有千秋，永不消逝。

超越于爱和恨，希望和忧虑，
　　它漠然无感，纯净澄洁；
世代像尘寰的年月般逝去，
　　年月就像分秒般飞掠。
它无翼的思想高翔天外，
　　俯临一切，又经历一切；
一种无名的、永恒的存在：

何物死亡！早浑然忘却。

（《当这副受苦的皮囊冷却》）

曼殊

死亡的阴影与您如影随形，但您并不畏惧死亡。您感情炽烈，却总是遭遇厄运的倾轧。女儿死了，挚友雪莱死了，亲近的人，似乎注定要被命运的魔掌所毁灭。

拜伦

我也许注定孑然一身，但别无选择。是否人死之后，就能忘却一切痛苦忧怖，超越爱恨，重获纯净的灵魂呢？

历史档案员

《恰尔德·哈罗尔德游记》一出版，便洛阳纸贵。昔日被英国上流社会排挤冷落的拜伦勋爵一夜成名，成为英国上流社会最闪耀的新星。拜伦觉得不可置信——一觉醒来，发现自己竟已名扬天下。上流社会仿佛全然忘却过去的冷漠，向他敞开大门，并竞相发出盛情邀请。

莫洛亚

他们需要崇拜一些事物，尤其是在英国。生活的空虚感支配着社会：厌恶由道德松弛所引起的寻欢作乐，厌恶由持续的战争所引起的军事扩张，厌恶由托利党政府连续执政所引起的政治野心。先前的诗人们由于无能，或许是胆小，没有表现这一切。拜伦的《恰尔德·哈罗尔德游记》第一个喊出了厌恶的一代的悲剧性的怀疑的声音。终于，艺术和生活相一致了。甚至，他的残疾也增添了人们对他的兴趣。众人皆知，他像哈罗尔德一样，是从希腊和土耳其归来的，恰尔德所有持续不断的忧郁、孤寂和悲哀，都被认为是属于拜伦勋爵的。

玄英

拜伦先生，您的玩世不恭与悲观颓废，是一种消极的反叛和抵抗，但是以颓废抵抗颓废，以虚无抵抗虚无，真的会胜利吗？

拜伦

我有时亦会沉浸在对死者苍茫的过去的冥想中，那未知的神秘让我着迷。我曾流连忘返的坟茔，成为诗歌主人公与死者对话的地方，那些冰冷的岩石仿佛为我打开穿越古今的大门。

曼殊

在《恰尔德·哈罗尔德游记》中，主人公哈罗尔德行至罗马近郊，路过塞西莉亚·梅特拉的坟冢，这位女子的父亲和丈夫都是共和国后期的著名将军，而她本人的事迹鲜为人知，曾经的美轮美奂的高阁殿宇，如今变为沉默无声的断壁颓垣，这一切激发起哈罗尔德对苍茫历史和这位死者生平经历的无垠遐想：

拜伦

可她又是谁，这位已故的夫人，
安葬在宫殿中？她贞洁而美丽？

她配得上国王——或不止——罗马人的爱情？
她生育了什么样的首领和英雄？

（《恰尔德·哈罗尔德游记》节选）

历史档案员
拜伦一生深受不同宗教与哲学思想的驳杂影响，而怀疑主义自始至终缠绕着他的内心。

拜伦
我很早就达到了名誉的顶峰，我知道凡人能得到的任何一种欢乐。我四处旅行，满足了我的好奇心，却失去了所有的幻想……

曼殊
您相信美景易逝、良辰苦短，欢情之后总是悲苦。您相信《旧约·传道书》所言，一切都是捕风，终将归于虚空。

拜伦
　　我有过荣名，才智，爱情，
　　　　青春，健康，和精力；
　　葡萄常使我酒杯泛红，
　　　　有俏影相偎相倚；
　　"美"曾像阳光，朗照我心房，
　　　　我灵魂愈益温柔；
　　享人间珍品，拥天下宝藏，
　　　　我曾像帝王般富有。

George Gordon Byron

如今我极力搜寻记忆，
　　把往事一一清点，
看此生有哪些珍奇经历
　　吸引我重温一遍。
没有哪一天，没有哪一时
　　欢情不掺上苦味；
也没有哪一件华美服饰
　　不曾磨损而破碎。

田野的毒蛇，术士有本领
　　防止它将人荼毒；
然而，当蛇虫蟠曲在心灵，
　　谁能够将它驯服？
它不肯倾听理智的声音，
　　也不受乐曲引诱；
它无尽无休地啃咬着灵魂，
　　灵魂却必得忍受！

（《"传道者说：凡事都是虚空"》）

曼殊

死生亦大矣！世事无常，良辰苦短，让追求长生的太白
诗仙更积极热切地享受当下、及时行乐。而一生被死
神的耳语所包围的孤独者拜伦勋爵，以决绝的姿态将
人心深处最晦暗的一面昭于世人。您的诗歌从来没有
虚假伪善的话语，这种亦狂亦痴的任真又仿佛与太白
相通呢！您与死神对话、与死者对话的时候，又何尝不
是在拷问和质询自己的灵魂？

当璀璨的星辰交会

Bright stars

李白

赠孟浩然

我爱孟夫子，风流天下闻。
红颜弃轩冕，白首卧松云。
醉月频中圣，迷花不事君。
高山安可仰，徒此揖清芬。

曼殊

拜伦和雪莱是英国最伟大的诗家，二人都有创造爱的崇高情感，为其诗情表现的题目。是的，他们都写着爱情和幸福，但是，他们的表述方法却截然不同。拜伦生长于繁华、富裕、自由的家庭，他是个热情真诚的自由信仰者，他要一切的自由，不管大小，不管是社会或政治。他不知道怎样或哪里是极端。拜伦的诗像一种有奋激性的酒料，人喝得越多，越觉得有甜蜜的魔力。他的诗，通篇充满着神迷、美魔与真实。在情感、热诚和直白的用字里，拜伦的诗是不可及的。

历史档案员

1816年，被迫离开英国远走他乡的拜伦，在瑞士日内瓦结识了流亡诗人雪莱，两个同样热情真诚的灵魂开始对话。他们在患难之际，惺惺相惜，两位浪漫主义大诗人从此结为密友。他们同住日内瓦湖畔，滔滔不绝地讨论思想，也因意见不合而发生争执。

莫洛亚

拜伦对社会感到的恐怖，同雪莱所感到的迥然不同。雪莱是纯粹的理想主义者，甚至在他愤世嫉俗时，也是如此；雪莱拥有坚强完整的心性，他认为爱与善支配着他的内心，与完全外在的世界斗争，与现世黑暗对决；而拜伦，刚从一个他所厌弃的社会里逃亡出来，则是更为悲观的现实主义者。

拜伦

孤独一人，为了大地而爱大地，
这样是不是更好些？
我们欣赏笔直的罗纳河上蔚蓝色的波浪，
或那哺育它的清澈的湖面，
湖水喂养着罗纳河，宛如一位母亲
照料着美丽而倔强的孩子，
吻着它醒来后的喧哗声，——
我们的生命如此消逝，而不去加入
那注定给人以痛苦或煎熬的众生，
这样是不是更好些？

（《唐璜：拜伦传》）

莫洛亚

拜伦的内心存在着好几个拜伦，他的斗争，首先是自己与分裂的自己的殊死搏斗。他不相信人类无所不能，雪莱却相信。雪莱无疑在潜移默化地影响着这位宁愿遗世独立的朋友，雪莱对泛神论的信念，让这位骨子里灌注着怀疑主义的恶魔诗人开始对华兹华斯产生兴趣，在波光粼粼的湖水中找到短暂的平静的慰藉。

曼殊

后来拜伦参加意大利烧炭党人的革命活动，还曾得到雪莱的援助。雪莱曾声援洋溢着恶魔精神的《唐璜》。

雪莱

《唐璜》有不朽的印记，它在某种程度上实现了我长久以来想要写的，一种完全新颖、关乎当代又极美的东西。

拜伦
一位如此高洁又无私的人，竟意外地在沉船事故中英年早逝，永远地消失于茫茫大海，我再次感到死亡的诅咒，我想我永远不能从失去所爱之人的噩梦中醒来了。

玄英
真是让人伤心的结局。

曼殊
太白先生似乎稍显幸运些，他和知交的分别多是生离，而非死别。可是在那个悠远的年代，亦常常是明日巴陵道，语罢暮天钟。

历史档案员
天宝三载（744），李白和杜甫在洛阳相识。唐代文学史最伟大的两颗明星第一次交会。李白年长杜甫十一岁，杜甫十分钦佩李白的恣肆才华和人生阅历，李白同样欣赏杜甫的为人与诗才。他们一道漫游梁宋，饮酒赋诗。酒逢知己千杯少，杜甫曾如此描绘太白潇洒不羁的醉态：

杜甫
　李白一斗诗百篇，长安市上酒家眠。
　天子呼来不上船，自称臣是酒中仙。

（《饮中八仙歌》节选）

李白
过奖，杜老弟也是"语不惊人死不休"。

饭颗山头逢杜甫，头戴笠子日卓午。
借问别来太瘦生，总为从前作诗苦。

（《戏赠杜甫》）

历史档案员

天宝五载（746），李白与杜甫重逢于东鲁，当年梁园的把酒临风已是时过境迁，但二人的友情未减分毫。

李白

醉别复几日，登临遍池台。
何时石门路，重有金樽开？
秋波落泗水，海色明徂徕。
飞蓬各自远，且尽手中杯。

（《鲁郡东石门送杜二甫》）

历史档案员

当李白因永王李璘谋反而遭牵连拘系，后被贬至夜郎，世人纷纷对其避而远之，杜甫却敢于仗义执言："世人皆欲杀，吾意独怜才。"（《不见》）乾元二年（759）秋，杜甫在秦州思及远迁夜郎的李白，为其鸣冤抱不平，又担心其生死难测。

杜甫

凉风起天末，君子意如何？
鸿雁几时到？江湖秋水多。
文章憎命达，魑魅喜人过。
应共冤魂语，投诗赠汨罗。

（《天末怀李白》）

曼殊

太白得此知己，亦是平生之幸也！在他们各自颠簸多舛而求索不止的一生中，李白、拜伦与其知交的友谊都在文学史上留下不可磨灭的动人篇章。

拜伦

1

我的小船靠在岸边，
　　那只大船停在海上，
在我行前，托姆·摩尔呵，
　　我祝饮你加倍健康！

2

爱我的，我致以叹息，
　　恨我的，我报以微笑，
无论头上是怎样的天空，
　　我准备承受任何风暴。

3

尽管海洋在身边狂啸，
　　它仍旧会飘浮我前行；
尽管四周全是沙漠，
　　也仍旧有水泉可寻。

4

即使只剩下最后一滴水，
　　当我在井边干渴、喘息，
在我晕倒以前，我仍要

为你的健康饮那一滴。

5
有如现在的这一杯酒，
那滴水的祝词也一样：
祝你和我的灵魂安谧，
托姆·摩尔呵，祝你健康！
（一八一七年七月）

（《致托玛斯·摩尔》）

曼殊

诗人托玛斯·摩尔是拜伦的一位好友，托姆是他的昵称，这是拜伦为最后离开英国而作的一篇告别辞。

玄英

尽管英国上流社会对您紧闭大门，对您施以最恶毒的咒骂，您却报以微笑。

拜伦

我要继续走我的路，恨我的人，我报以微笑，爱我的人，我该如何回报？亲爱的朋友，让我祝你灵魂安谧，祝你安享生命甘泉。

玄英

这点当与李白相似。他潇洒放旷，同样把知己情谊付诸生花妙笔。太白先生，您的性格和文风与孟浩然迥异，却对他毫不吝惜赞美之辞。

李白
我钦佩他"不事王侯，高尚其志"。

> 我爱孟夫子，风流天下闻。
> 红颜弃轩冕，白首卧松云。
> 醉月频中圣，迷花不事君。
> 高山安可仰，徒此揖清芬。

（《赠孟浩然》）

孟浩然
太白先生抬爱，您待人如此真诚，让我铭感五内。

王昌龄
太白先生待我亦是如此。那年，我被贬龙标，他遥寄一诗，我终生铭记。

李白

> 杨花落尽子规啼，闻道龙标过五溪。
> 我寄愁心与明月，随君直到夜郎西。

（《闻王昌龄左迁龙标，遥有此寄》）

曼殊
真挚的关切之情力透纸背，令人动容。杜鹃啼血，如泣如诉，天涯路远，难系知音，惟有以这普照万里的朗月传递忧思同情。

汪伦
太白先生也给我写过诗，我也可说是"万古流芳"了！

李白
当日您为我踏歌送行——

李白乘舟将欲行，忽闻岸上踏歌声。
桃花潭水深千尺，不及汪伦送我情。

（《赠汪伦》）

玄英
太白先生，当您的朋友真是幸福。

李白
待人以诚以真，难道不是常理常情吗？

若为自由故

Freedom

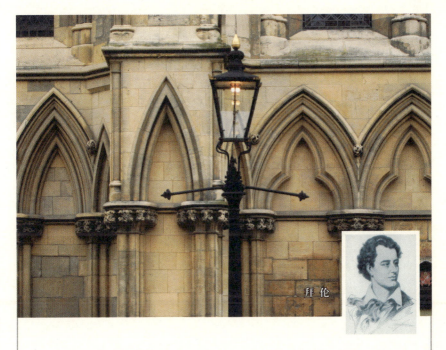

拜伦

十四行：咏锡雍

不可征服的灵魂之永恒精神！
　自由呵！在这地牢里，你辉煌夺目！
　因为你栖息在志士心灵深处——
　那心灵只听命于你，只对你忠贞。

鲁迅

今且置古事不道，别求新声于异邦，而其因即动于怀古。新声之别，不可究详；至力足以振人，且语之较有深趣者，实莫如摩罗诗派。摩罗之言，假自天竺，此云天魔，欧人谓之撒但，人本以目裴伦（即拜伦）。今则举一切诗人中，凡立意在反抗，指归在动作，而为世所不甚愉悦者悉入之，为传其言行思惟，流别影响，始宗主裴伦，终以摩迦（匈加利）文士。凡是群人，外状至异，各禀自国之特色，发为光华；而要其大归，则趣于一：大都不为顺世和乐之音，动吭一呼，闻者兴起，争天拒俗，而精神复深感后世人心，绵延至于无已。（《摩罗诗力说》）

曼殊

鲁迅先生也是知音！

莫洛亚

对拜伦来说，存在着造物主，但上帝所创造的世界却糟糕透了。该隐有理由抱怨以色列的上帝，普罗米修斯有理由诅咒朱庇特，而他，乔治·戈登·拜伦，自己宿命论的无辜受害者，属于伟大的造反者的种族。

曼殊

如果要说拜伦和李白这两位天才诗人所留下的最为宝贵乃至超越时代的精神遗产，那便是他们所共同分享的、对人之自由解放的执着探索，他们目之所及的"人"超越阶级、民族、种族的樊篱;他们同样地睥睨权贵,傲岸不羁,追求思想与人格的独立,没有什么能阻挡他们对身体与灵魂之自由的向往。

拜伦

不可征服的灵魂之永恒精神!

　　自由呵!在这地牢里,你辉煌夺目!

　　因为你栖息在志士心灵深处——

　　那心灵只听命于你,只对你忠贞。

你的儿子们被枷锁无情拘禁,

　　送入这不见天日的阴湿牢底;

　　他们的苦难换来了祖国的胜利,

　　使自由的荣名乘风播扬于远近。

锡雍呵!你这座监牢是一片圣地,

　　你这块阴郁地面是一座圣坛——

　　因为庞尼瓦印下了深深足迹,

　　仿佛这冰冷石地似草泥柔软;

　　千万不要磨灭掉这样的印记,

　　它们向上帝控诉暴政的凶残!

(《十四行:咏锡雍》)

历史档案员

1816年,拜伦旅居日内瓦时,曾与雪莱同访日内瓦湖东端这座建于13世纪的锡雍古堡,古堡中曾有囚禁犯人的牢狱。16世纪时,致力于推翻查理三世专制暴政的瑞士爱国英雄庞尼瓦曾被关押在锡雍古堡达六年之久。在拜伦的眼中,庞尼瓦追求自由解放和民主共和的凛然大义使这座阴森的牢狱成为光辉的圣地,他拖着锁链在地牢中行走所留下的痕迹,成为不可磨灭的英雄碑铭。

拜伦

我相信造物主的存在，也从未把自己置于与神同等的位置上，但是造物主留下的这个世界有太多残忍不公、黑暗无情。我一直觉得自己背负着逆子该隐的骨血，应当起身反抗这个荒唐糟糕的世界。我歌诵那些为人类自由抛头颅洒热血的先驱志士，纵使世事多舛，可我相信这一理想值得穷极一生，它会薪火相传。

1

巨人！在你不朽的眼睛看来
　　人寰所受的苦痛
　　是种种可悲的实情，
并不该为诸神蔑视、不睬；
但你的悲悯得到什么报酬？
是默默的痛楚，凝聚心头；
是面对着岩石、饿鹰和枷锁，
是骄傲的人才感到的痛苦：
还有他不愿透露的心酸，
那郁积胸中的苦情一段，
　　它只能在孤寂时吐露，
而就在吐露时，也得提防万一
天上有谁听见，更不能叹息，
　　除非它没有回音答复。

2

巨人呵！你被注定了要辗转
在痛苦和你的意志之间，
不能致死，却要历尽磨难；

114

而那木然无情的上天，
那"命运"的耳聋的王座，
那至高的"憎恨"的原则
（它为了游戏创造出一切，
然后又把造物一一毁灭），
甚至不给你死的幸福；
"永恒"——这最不幸的天赋
是你的：而你却善于忍受。
　　　司雷的大神逼出了你什么？
除了你给他的一句诅咒：
　　　你要报复被系身的折磨。
你能够推知未来的命运，
　　　但却不肯说出求得和解；
　　　你的沉默成了他的判决，
他的灵魂正枉然地悔恨：
呵，他怎能掩饰那邪恶的惊悸，
他手中的电闪一直在颤栗。

　　　　　　3
你神圣的罪恶是怀有仁心，
　　　你要以你的教训
　　　　减轻人间的不幸，
并且振奋起人自立的精神；
尽管上天和你蓄意为敌，
但你那抗拒强暴的毅力，
　　　你那百折不挠的灵魂——
天上和人间的暴风雨
　　　怎能摧毁你的果敢和坚忍！

你给了我们有力的教训：

你是一个标记，一个征象，

标志着人的命运和力量；

和你相同，人也有神的一半，

是浊流来自圣洁的源泉；

人也能够一半儿预见

他自己的阴惨的归宿；

他那不幸，他的不肯屈服，

和他那生存的孤立无援：

但这一切反而使他振奋，

逆境会唤起顽抗的精神

使他与灾难力敌相持，

坚定的意志，深刻的认识；

即使在痛苦中，他能看到

其中也有它凝聚的酬报；

他骄傲他敢于反抗到底，

呵，他会把死亡变为胜利。

（一八一六年七月，戴奥达蒂）

（《普罗米修斯》）

 ### 历史档案员

普罗米修斯是希腊神话中位列十二泰坦巨人的伊阿培塔斯与海洋女仙克吕墨涅之子，他以粘土造人，后为人类盗取天火，使人类的生活有了巨大的力量与能量。暴怒的宙斯将普罗米修斯以锁链束于高加索山的岩石上，一只饿鹰日日啄食他的肝脏，每夜那肝脏又重新长出，这种痛苦要持续三万年。

玄英

普罗米修斯有不死的身躯,却要历尽磨难,因此拜伦先生,您称"永恒"是您最不幸却必须承受的天赋。

拜伦

人是相较于神远为脆弱渺小的存在,但是逆境能够唤起我顽抗不屈的精神,与灾难力敌相持,我骄傲我敢于反抗到底。纵使肉体陨灭,为自由解放而反抗斗争之灵魂却生生不息。

曼殊

拜伦和李白,一个无畏无惧地挞伐时代之桎梏枷锁,一个意气风发地昂首高歌时代之最强音。飘然涉世、傲岸王侯的诗仙太白,无论身处何种境地,也不曾割舍对自由心灵的坚守。

玄英

"安能摧眉折腰事权贵,使我不得开心颜",是太白先生对独立之人格、自由之精神的最好注解。《宣州谢朓楼饯别校书叔云》一诗,同样贯穿着这位谪仙人翱翔天际的高逸神思:

李白

弃我去者昨日之日不可留,
乱我心者今日之日多烦忧。
长风万里送秋雁,对此可以酣高楼。
蓬莱文章建安骨,中间小谢又清发。
俱怀逸兴壮思飞,欲上青天览明月。

抽刀断水水更流，举杯消愁愁更愁。
人生在世不称意，明朝散发弄扁舟。

（《宣州谢朓楼饯别校书叔云》）

 曼殊

先生以昂扬自信的气概积极入世，干谒自荐一无奴颜媚骨，即使仕途遭阻，亦绝不卑躬屈膝于小人；被赐金放还，便放白鹿青崖间，须行即骑访名山。兴酣落笔摇五岳，诗成笑傲凌沧洲；长安渐远，旧梦难温，仍能俱怀逸兴壮思飞，欲上青天览明月。

 李白

两人对酌山花开，一杯一杯复一杯。
我醉欲眠卿且去，明朝有意抱琴来！

（《山中与幽人对酌》）

 玄英

神往。

何以不枉此生

Worthwhile

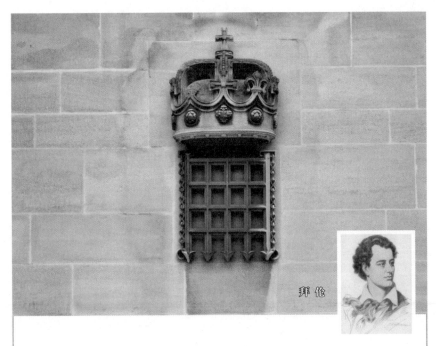

拜伦

海 盗

在暗蓝色的海上，海水在欢快地泼溅，
我们的心是自由的，我们的思想不受限，
逍遥的，尽风能吹到、海波起沫的地方，
量一量我们的版图，看一看我们的家乡！

121

莫洛亚

面对命运，拜伦从不示弱。他迅疾而勇猛地投入行动，投入斗争。他是海盗，是土匪，向社会宣战，追逐着疯狂的感情。他不惜一切代价逃避无聊的生活，即使会在斗争中死去，他也无所畏惧。拜伦不由自主地把自己软弱的一面给了那个他希望坚强的人，拜伦式的英雄对他的创造者来说，成了一种虚假的、戏剧性的模特儿。对这个模特儿，拜伦感到非要去效仿不可。他为康拉德辩护，也在为自己辩护。一个天真的少年。男人，尤其是女人，在令人失望的学校里培养了他。因此他便成了海盗，歹徒，一个罪犯然而又是一个满怀爱情的人，有自己豪侠的方式。

鲁迅

顾裴伦（拜伦）不尽然，凡所描绘，皆禀种种思，具种种行，或以不平而厌世，远离人群，宁与天地为俦偶，如哈洛尔特；或厌世至极，乃希灭亡，如曼弗列特；或被人天之楚毒，至于刻骨，乃咸希破坏，以复仇雠，如康拉德与卢希飞勒；或弃斥德义，蹇视淫游，以嘲弄社会，聊快其意，如堂祥。其非然者，则尊侠尚义，扶弱者而平不平，颠仆有力之蠢愚，虽获罪于全群无惧，即裴伦最后之时是已。彼当前时，经历一如上述书中众士，特未欹歆断望，愿自逡于人间，如曼弗列特之所为而已。故怀抱不平，突突上发，则倨傲纵逸，不恤人言，破坏复仇，无所顾忌，而义侠之性，亦即伏此烈火之中，重独立而爱自緜，苟奴隶立其前，必衷悲而疾视，衷悲所以哀其不幸，疾视所以怒其不争，此诗人所为援希腊之独立，而终死于其军中者也。(《摩罗诗力说》)

曼殊

拜伦先生，您在《海盗》中，塑造了一个勇猛彪悍、孤独多情、桀骜不驯的强者，他受内心心性和欲望驱使，将忧郁感伤敛入睥睨一切的昂扬斗志，他无拘无束，不畏死亡。这个拜伦式的英雄——康拉德躬身投入史诗般的行动，而您自己则生性懒散，敏于言而殆于行，做着徒然的白日梦。这个拜伦式的英雄强壮勇武，彪悍黝黑，是人群的中心，您自己则跛足病弱，面容苍白，内心的敏感激情压抑于表面的内敛羞怯孤僻，纸笔成为您宣泄情感、抗衡厌倦与悲伤的绝佳方式。

拜伦

在暗蓝色的海上，海水在欢快地泼溅，
我们的心是自由的，我们的思想不受限，
逍遥的，尽风能吹到、海波起沫的地方，
量一量我们的版图，看一看我们的家乡！
这全是我们的帝国，它的权力到处通行——
我们的旗帜就是王笏，谁碰到都得服从。
我们过着粗犷的生涯，在风暴动荡里
从劳作到休息，什么样的日子都有乐趣。
噢，谁能体会出？可不是你，娇养的奴仆！
你的灵魂对着起伏的波浪就会叫苦；
更不是你安乐和荒淫的虚荣的主人！
睡眠不能抚慰你——欢乐也不使你开心。
谁知道那乐趣，除非他的心受过折磨，

而又在广阔的海洋上骄矜地舞蹈过？
那狂喜的感觉——那脉搏畅快的欢跳，
可不只有"无路之路"的游荡者才能知道？
是这个使我们去追寻那迎头的斗争，
是这个把别人看作危险的变为欢情；
凡是懦夫躲避的，我们反而热烈地寻找，
那使衰弱的人晕厥的，我们反而感到——
感到在我们鼓胀的胸中最深的地方
它的希望在苏醒，它的精灵在翱翔。
我们不怕死——假如敌人和我们死在一堆，
只不过，死似乎比安歇更为乏味：
来吧，随它高兴——我们攫取了生中之生——
如果死了——谁管它由于刀剑还是疾病？
让那种爬行的人不断跟"衰老"缠绵，
粘在自己的卧榻上，苦度着一年又一年；
让他摇着麻痹的头，喘着艰难的呼吸，
我们呀，不要病床，宁可是清新的草地。
当他在一喘一喘地跌出他的灵魂，
我们的只痛一下，一下子跳出肉身。
让他的尸首去夸耀它的陋穴和骨灰瓮，
那憎恨他一生的人会给他的墓镶金；
我们的却伴着眼泪，不多、但有真情，
当海波覆盖和收殓我们的死人。
对于我们，甚至宴会也带来深心的痛惜，
在红色的酒杯中旋起我们的记忆；
呵，在危险的日子那简短的墓志铭，
当胜利的伙伴们终于把财物平分，
谁不落泪，当回忆暗淡了每人的前额：

现在，那倒下的勇士该会怎样地欢乐！

（《海盗》节选）

历史档案员

在《唐璜》的创作过程中，拜伦曾给友人约翰·莫莱写信，他要让他的文学主人公"唐璜"在欧洲漫游后去投身法国大革命，正如现实中的诗人自己在拉文纳参加意大利烧炭党人的活动，且以笔为枪。他已确信自己如该隐一样注定颠沛流离，他踟蹰地思考着下一步的征程，曾经的宿命论者开始谨慎勇敢地发起行动。

莫洛亚

诗人和斗士战胜了纨绔公子、上流人物和情种……若拜伦再受到"绫罗绸缎和琳琅宝石海洋"波浪的冲击，他能经住诱惑吗？谁知道呢？拜伦想成为什么样的人，当哈姆莱特，还是堂·吉诃德？他想做一个勇于行动、甘愿承受失败的人，还是热爱正义，却想入非非、一事无成的梦幻家？他心中清楚吗？我们梦想着惊人之举，却成了怯懦的牺牲品。

曼殊

以放纵反抗空虚，以颓唐对抗颓唐，只会跌入更绝望的空虚。终极目标的缺乏只会让他在不断的逃离中依然在空中延宕，再度被抛入命运的漩涡。

玄英

拜伦最终找到了希腊——少年时他曾造访的精神圣地。他过去的远游总是一种被动的逃离，而这一次，哈罗尔德、康拉德和唐璜的塑造者终于主动地向命运发起进攻；他真正做好了准备"去当个战士，不仅靠文字，也靠行动，为思想和自由而斗争"（《唐璜》）。

莫洛亚

那些暴风雨般的明枪暗箭给拜伦带来的伤害不再使他惊慌，他现在能够从一个更超脱的地方，注视着由严酷无情的人统治着的欧洲，他指出他们的崩溃。他不愿让他的思想在心中沉睡下去，他宁愿在米索朗基过清贫寒陋、动荡不安的生活，也不愿成夜在伦敦的客厅里饮酒作乐，消耗余生。

拜伦

贫穷是悲惨的，但比起高级却无意义的放荡要好。

罗素

世人向来一味要把拜伦简单化，删掉他的广大无边的绝望及对人类的明言轻蔑中的故作姿态的因素。拜伦和许多其他著名人物一样，当作神话人物来看的他比真实的他重要。看作一个神话人物，特别在欧洲大陆上他的重要性大极了。（《西方哲学史》）

莫洛亚

拜伦理解罪恶感，所以保留了神秘感。但是神秘存在的地方转移了；它不单存在于拜伦勋爵的命运之中，还存在于人类的命运之中，成为不朽的东西。

拜伦

这颗心既不再激动别个，
　　也不该为别个激动起来；
但是，尽管没有人爱我，
　　我还是要爱！

我的岁月似黄叶凋残，
　　爱情的香花甜果已落尽；
只有蛀虫、病毒和忧患
　　是我的命运！

烈焰在我的心胸烧灼，
　　犹如火山岛，孤寂，荒废；
在这儿点燃的并不是炬火——
　　而是火葬堆！

希望，忧虑，嫉妒的烦恼，
　　爱情的威力和痛苦里面
可贵的部分，我都得不到，
　　只得到锁链。

荣光照耀着英雄灵榇，
　　花环缠绕在勇士额旁——
在此时此地，怎容许心魂
　　被情思摇荡！

看吧：刀剑、旌旗和战场，
　　希腊和荣誉，就在我四周！

斯巴达男儿，卧在盾牌上，
　　怎及我自由！

醒来吧，我的心！希腊已醒来！
　　醒来吧，我的心！去深思细察
你生命之血的来龙去脉，
　　把敌人狠打！

赶快踏灭那重燃的情焰，
　　男子的习性不值分毫！
如今你再也不应眷念
　　美人的颦笑。

你悔恨等闲把青春度过，
　　那么，何必还苟活图存？
快奔赴战场——光荣的死所，
　　在那里献身！

去寻求（不寻求也常会碰上）
　　战士的坟墓，于你最相宜；
环顾四旁，选一方土壤，
　　去静静安息。

（《三十六岁生日》）

历史档案员

古代斯巴达男子出征前，母亲会交给他一面盾，告诉他：“你要擎着盾回来，否则就躺在上面回来。”意为不战胜，即战死。公元前480年，斯巴达三百勇士奋勇于德摩比利隘口抗击波斯大军，壮烈殉国。诗人不再如青年时懒散颓唐，玩世不恭，他呼喊着——

拜伦

即使世人不知我不爱我，我也要去爱！比起苟活图存，我宁愿去沙场战死！惟有为光荣正义献身，我才能得到永恒的安息！

历史档案员

1820年创作《唐璜》第三章时，书写下满腔悲愤的《哀希腊》的诗人已对希腊民族解放运动萌生兴趣和热情。1824年1月，拜伦抵达希腊米索朗基，身体力行地帮助当地民众训练和指挥军队，修筑工事，为各派的团结努力奔走，并为其慷慨解囊。三个月后，拜伦不幸因病逝世于迈索隆吉翁。希腊人民将这位异国战士视为英雄，举国哀悼二十一日。《三十六岁生日》是拜伦的绝笔之作，慷慨悲壮，感人肺腑。这位生前饱受非议责难，被人间世事伤透了心，更为自己内心的痛苦与自我鏖战一生的诗人，终于实践了自己的心愿和诗笔所言，他以实际行动证明了"我生活过，而且也不是白白活了一场"，他为希腊民族解放事业献出了生命。

曼殊

善哉拜伦！以诗人去国之忧，寄之吟咏，谋人家国，功成不居，虽与日月争光可也！词客飘蓬君与我，可能异域为招魂！

玄英

而李白,一生憧憬于风云际会之历史舞台,施展自己的才华奇功,然后功成身退,奈何这一宏愿终难实现。

李白

事君之道成,荣亲之义毕,然后与陶朱、留侯浮五湖,戏沧洲,不足为难矣。(《代寿山答孟少府移文书》)

范文澜

李白的政治见解很差。他在《猛虎行》里,把唐朝与安史叛军平等看待,说"颇似楚汉时,翻覆无定止"。既然看不出安史是叛逆,永王李璘割据东南对朝廷的危害更不会看出。(《中国通史简编》)

历史档案员

李白把这些唐朝内乱看作春秋战国争霸、楚汉之争、三国并起,犯了严重的历史类比的错误。因为对时局作出错误的判断,李白将永王李璘割据误作建功报国之机而从之,终因此牵连获罪。759年,李白在流放夜郎的途中遇赦获释,即返舟东下。760年,内心重创的他平生最后一次登上庐山,写下了这首抒发出世之情的名作《庐山谣寄卢侍御虚舟》:

李白

我本楚狂人,凤歌笑孔丘。

手持绿玉杖,朝别黄鹤楼。

五岳寻仙不辞远,一生好入名山游。

庐山秀出南斗傍,屏风九叠云锦张,

影落明湖青黛光。

金阙前开二峰长，银河倒挂三石梁。

香炉瀑布遥相望，回崖沓嶂凌苍苍。

翠影红霞映朝日，鸟飞不到吴天长。

登高壮观天地间，大江茫茫去不还。

黄云万里动风色，白波九道流雪山。

好为庐山谣，兴因庐山发。

闲窥石镜清我心，谢公行处苍苔没。

早服还丹无世情，琴心三叠道初成。

遥见仙人彩云里，手把芙蓉朝玉京。

先期汗漫九垓上，愿接卢敖游太清。

曼殊
汪洋恣肆，意蕴无穷，精骛八极，心游万仞，您的想象纵横于天地寰宇。

李白
惜谢公行迹已难寻觅，罢了，惟明湖石镜方能清我心矣，方能纵情自在，遥见仙人彩云里，愿接卢敖游太清，那才是吾之所归吧！

历史档案员
761年，已逾花甲之年的太白不顾年迈主动请缨李光弼征讨东南乱军，无奈因病半途折返。

李白
大鹏飞兮振八裔，中天摧兮力不济。

余风激兮万世，游扶桑兮挂石袂。

后人得之传此，仲尼亡兮谁为出涕？

（《临路歌》）

历史档案员

次年，一代诗仙客死于族叔安徽当涂县令李阳冰处。

玄英

又有传说，太白先生为捞月而死，不管其真伪，吾辈愿信之。

历史档案员

这首悲壮沉痛的《临路歌》为其临终所咏。李白曾经豪情满怀地梦想着"安得倚天剑，跨海斩长鲸"（《临江王节士歌》)，无奈生不逢时，良机难遇，这种痛苦无奈谁人可知？西狩获麟，孔子泪涕哀之。今夕大鹏无力再翱翔于天，谁为之悲？

曼殊

李白的痛苦往往是渴盼得到而得不到，拜伦的痛苦则多源于他不知自己究竟想要什么。然而挫折苦痛并没有阻止他们前行的脚步，纵使时运不济，命途多舛，他们一个意气风发地昂首高歌时代之最强音，一个无畏无惧地挞伐时代之桎梏枷锁。

玄英

太白先生，拜伦先生，你们以不同的方式为着人之为人的身体与灵魂的自由解放而上下求索，穷且益坚，不坠青云之志。这奋斗求索的过程本身即充满意义，乃至超越于时代。

曼殊
太白先生，拜伦先生，你们都在各自波澜壮阔的人生中，践行了诗一般的生活，实现了让生命本身成为艺术品的浪漫主义诗人"本色"，其中熔铸着超脱于众的思想，流淌着汹涌充沛的情感，激越着雄奇多变的想象，你们的人生与你们的文学遗产一道成为传承千古的精神宝藏。

拜伦
愿后世，仍有读诗且懂得生命的人！

李白
愿后辈，仍有写诗且懂得自由的人！

后 记

　　清末民初著名诗人、翻译家苏曼殊（又名苏玄瑛）对拜伦和李白的才思文华等而尊之，在他的著述中颇多流露，这成为笔者撰写这本小书的契机。笔者借曼殊之口展开这场东西文化之间的星际漫游，本书中大部分"曼殊"、"玄瑛"所言实为笔者杜撰假托，但是一些语句确摘自《断鸿零雁记》、《〈文学因缘〉自序》、《〈拜轮诗选〉序》、《〈潮音〉跋》、《与高天梅书》（庚戌五月爪哇）等。

　　本书多有参考周勋初著《李白评传》（南京大学出版社，2005年版）与援引安德烈·莫洛亚著《唐璜：拜伦传》（裴小龙、王人力译，上海译文出版社，2014年版），另有参考多方先行研究与评述，恕不一一列举，谨致谢忱。

本书中李白、拜伦的作品参考、引用如下文献:

〔唐〕李白著,瞿蜕园、朱金城校注《李白集校注》,上海古籍出版社,1980年版。

安德烈·莫洛亚著,裘小龙、王人力译:《唐璜:拜伦传》,上海译文出版社,2014年版。

拜伦著,查良铮译:《穆旦译文集》,人民文学出版社,2005年版。

拜伦著,杨德豫译:《拜伦诗选:英汉对照》,外语教学与研究出版社,2011年版。

拜伦著,杨熙龄译:《恰尔德·哈罗尔德游记》,上海译文出版社,1990年版。

苏曼殊著,柳亚子编:《苏曼殊全集》(五册),中国书店(影印1928年北新书局版),1985年版。

George Gordon Byron, The Poetical Works of Lord Byron, London: Humphrey Milford, Oxford University Press, 1921.

唐 珂

图书在版编目（CIP）数据

李白和拜伦走进了朋友圈／唐珂编著. —上海：
上海古籍出版社，2015.8
（咖啡与茶）
ISBN 978-7-5325-7741-5

Ⅰ.①李… Ⅱ.①唐… Ⅲ.①李白（701～762）—唐
诗—诗歌研究②拜伦，G.G.（1788～1824）—诗歌—诗歌
研究 Ⅳ.①I207.22②I561.072

中国版本图书馆 CIP 数据核字（2015）第 172197 号

本书所使用的部分译文、图片无法联系作者取得使用权，故请作者
或版权持有者见到本声明后与本社联系，本社将按相关规定支付稿酬。

咖啡与茶
李白和拜伦走进了朋友圈

唐 珂 编著

上海世纪出版股份有限公司
　　　　　　　　　　　　出版发行
上海古籍出版社
（上海瑞金二路 272 号　邮政编码 200020）
（1）网址：www.guji.com.cn
（2）E-mail：guji1@guji.com.cn
（3）易文网网址：www.ewen.co

发行经销　上海世纪出版股份有限公司发行中心
制版印刷　上海丽佳制版印刷有限公司
开本　889×1194　1/36
印张　4　插页1　字数 100,000
印数　1-5,300
版次　2015 年 8 月第 1 版
　　　2015 年 8 月第 1 次印刷
ISBN　978-7-5325-7741-5/G·622
定价　29.00 元